KB147438

바람이 흔들리는가

아름다운 인생은 얼굴에 남는다

한 호흡 가다듬고 삶의 흐름을 바라보다

원철 스님 산문집

깃발이 흔들리는가

목
차

2

잘못 놓인 그릇엔 물이 고이지 않는다

3

말하지 않음으로써 말을 전하다

4

아름다운 인생은 얼굴에 남는다

다만 마음이 흔들릴 뿐이다

마음은 모양이 없기에 어떤 모양이라도 다 만들 수 있다

여는 글 — 《아름다운 인생은 얼굴에 남는다》를 다시 펴내며

리뉴얼,
낯설지 않는 새로움

2008년 봄날 첫 산문집을 상재했다.《아름다운 인생은 얼굴에 남는다》라는 길고 우아한 제목 덕분인지 과분할 정도로 주변의 많은 사랑을 받았다. 이내 베스트셀러라는 훈장을 달았고 졸지에 '문인'이란 낯선 칭호까지 붙었다. 남을 별로 의식하지 않고 내 흥에 겨워 낙서처럼 쓴 군더더기 없는 글이 오히려 대중의 마음을 사로잡은 역설적 현상을 만든 것일까?

하지만 몇 년 뒤에 이런저런 이유로 절판되었고 얼마 후 완전히 품절 되면서 서점이나 출판사가 아니라 직접 저자에게 책을 구해달라는 독자의 연락까지 심심찮게 받았다. 그런 전후 사정을 들은 어떤 열혈 팬은 인터넷을 검색하며 헌책방을 뒤져 책을 수집해주는 자비심까지 발휘했다. 그 덕분에 '고서 아닌 고서'를 다수 소장하게 되었고 뒤늦게 찾는 이들에게 가뭄의

단비 구실도 했다. 십 년도 채 지나지 않았는데 이미 누렇게 바랜 책이 헌책방에서 다시 유통되고 있다는 생명력은 경이로움 그 자체였다.

2014년 다섯 번째 산문집인 《집으로 가는 길은 어디서라도 멀지 않다》가 출간되었다. 첫 책에 버금가는 호응으로 인하여 그동안 마음 빚이 잔뜩 쌓여 있던 출판사에 겨우 체면치레를 할 수 있었다. 재생지 같은 느낌의 첫 책과는 달리 밝고 환한 디자인 감각까지 더해졌다. 문장도 첫 번째 책에 비해 수식어가 많아졌다. 나도 모르게 몇 년 사이에 문체까지 바뀐 것도 알았다. 또 글만 나열된 첫 책과는 달리 유명화가의 삽화를 사이사이 배치하여 지면도 덩달아 화려해졌다. 남을 의식한 글과 책이 되었다고나 할까.

그 세월도 벌써 삼 년이 지났다. 다섯 번째 책을 만든 출판사에서 연락이 왔다. 십 년 된 첫 책을 '리뉴얼'하고 싶다는 것이다. 그 순간 〈불후의 명곡, 전설을 노래하다〉라는 공중파 프로그램을 떠올렸다. 7080세대의 흘러간 노래를 현재 활동하고 있는 신세대 가수들이 다시 부르면서 '그 시절 그 노래'가 전혀 다른 새로운 감동을 선사했기 때문이다. 음치에 박치지만 이미 익숙한 곡인지라 저절로 생긴 비교능력 때문에 1020세대 가수들의 노래

실력이 얼마나 뛰어난지 다시금 알게 되었다.

한걸음 더 나아가 '편곡의 마술'까지 확인했다. 같은 노래임에도 불구하고 7080시대에 듣던 그 노래와는 전혀 다른 느낌이었다. 찬란한 무대와 조명 그리고 백 코러스 게다가 관객의 환호까지 합해져 단순절제미라는 원곡의 소박한 원형을 잃지 않으면서도 매우 화려한 노래로 재탄생한 것이다. 편곡의 힘을 알고 난 뒤에는 편곡자의 이름까지 눈여겨보는 버릇이 생겼다.

헌책이 리뉴얼되면서 7080노래를 편곡하는 1020의 솜씨를 빌려왔다. 리뉴얼은 반복이 아니라 낯설지 않는 새로움이다. 이제 덤으로 헌책방을 뒤져야 하는 수고까지 덜게 되었다.

2017년 여름날, 우정국로 우거寓居에서
원철 두손 모음

발은 땅에 두고 마음은 하늘에 닿다

1

인생,
꿈인 줄 알면서도
몸부림쳐보는 것

밥뜸이 잘 들기를 기다리는 마음

맛있는 밥은 '잘살이'요,
밥맛의 완성을 기다릴 줄 아는 마음의 여유가 '참살이'다

웰빙을 우리말로는 '잘살이'라고 해야 할 것 같은데 '참살이'라고 한다. 불교 집안에서 '잘산다'는 말은 일과 수행이 조화를 이루고 마음이 평화로우며 언어와 사고가 한편으로 치우치지 않는, 반듯한 삶의 형태를 의미한다. 그러나 세간에서 '잘산다'고 하는 말은 물질적 풍요로움의 추구라는, 어찌 보면 욕심이라는 의미가 더 도드라져 다가온다. 그래서 그런 탐하는 마음은 살짝 감추면서 품위 있는 의미가 포함된 '참살이'라는 단어를 선호할 수밖에 없는 것 같다.

'잘살이'와 '참살이'는 웰빙의 물질적 만족과 정신적 만족이라는 두 가지 면을 반영한다. 하지만 동시에 가치론적으로는 서로 또 다른 긴장관계를 불러일으키는 개념이기도 하다. 예를 들어, 집 안의 모든 가구와 장식소품을 이른바 '젠 스타일'로 꾸미고 또 그것을 외적으로 아무리 내세운다고 할지라도 그 자체가 '참

선'이 될 수는 없다. 잘살이인 젠 스타일에서 한 걸음 더 나아가 그것이 계기가 되어 '참선'으로 이어질 때 비로소 참살이가 되는 것이다.

젠 스타일이라는 하드웨어만으로 '선 수행'이라는 소프트웨어까지 담아낼 수는 없다. 입으로 아무리 '불火'이라고 외치더라도 그 '불'이라는 말이 종이를 태울 수 없는 것과 같은 이치라고 하겠다. 이럴 때 잘살이와 참살이는 형식적으로 충돌한다. 더 심하게 말한다면 젠 스타일의 방석이 너무 예뻐서 그 위에 차마 앉을 수조차 없는 장식품 내지 눈요깃거리로 그친다면, 그야말로 수단에 불과한 잘살이와 목적인 참살이가 완전히 뒤바뀐 경우라 할 수 있다.

어느 해 겨울 깊은 산중 암자를 찾았을 때의 씁쓰레한 기억이 지금도 선명하다. 뜨락에 내린 눈을 그대로 오래도록 바라보기 위해, 사람들이 그 안에 들어가지 못하게 다니는 길을 제외하고는 모조리 새끼줄을 쳐놓았다. 흥에 겨워 들어가서 밟고 싶은 충동이 일어났지만 가만히 안으로 눌러야만 했다. 다른 한편으로 이것도 잘못된 젠 스타일의 또 다른 모습이 아닌가 하는 생각이 들었다. 지나치게 빗자루질이 잘 된 이른 아침의 절집 안마당을 가로지르기가 부담스러웠던 것도 생각났다.

어느 날 아침 설총이 뒤란을 깨끗하게 쓸어놓았다. 그걸 본 원효 대사는 아들 설총이 모아놓은 낙엽을 한 움큼 다시 가지고 와서 뒤란에 흩뿌렸다. 그러고는 아들을 바라보며 가만히 미소 지었다.

'젠 스타일' 마당을 선 수행 공간으로 바꾸어버린 지혜라 할 수 있겠다. 인사동의 어느 식당은 그 촌스러운 내부 인테리어에도 불구하고 밥맛이 좋다는 이유 하나로 늘 사람들로 북적인다. 하지만 그 밥맛을 빨리 누리려고 독촉이라도 할라치면 주인장은 당장이라도 내보낼 듯한 표정을 짓는다. 손님이 도착하여 주문을 넣으면 그제야 밥을 솥에다 안치는 까닭이다. 손님들에게 기다림의 미학을 즐기도록 만드는 독특한 경영철학이 여기를 다시 찾게 만드는 또 다른 매력이다. 맛있는 밥은 '잘살이'다. 하지만 그 밥맛의 완성을 기다릴 줄 아는 마음의 여유는 '참살이'다. 많은 사람들이 눈앞에 당장 원하는 결과가 나타나길 바라는 인스턴트 시대에, 이 식당은 기다려야 함을 직접 행동으로 보여주는 또 다른 수행 현장이다. 그 이후 마지막 뜸 들이는 과정의 시간까지도 덤으로 고명처럼 얹어준다. 기다림 후에 나온 따뜻한 밥 한 그릇을 통하여 '잘살이'에서 '참살이'로 나아가는 전 과정을 압축적으로 보여주는 것에 비한다면, 수업료 몇 천 원과 인내의 시간 몇 십 분은 결코 비싸거나 긴 것이 아니다.

대부분의 보통 사람들은 '잘살이'를 '참살이'로 착각할 뿐만 아니라 내가 어떻게 참여하느냐에 따라 모든 곳이 웰빙처가 될 수 있다는 평범한 사실마저 잊고 산다. 몸과 마음을 다스리는 웰빙처가 따로 있는 것이 아니다.

방외지사의 멋

발은 땅을 밟고 마음은 하늘에 달아두다

사실 무엇이건 제목을 붙인다는 것은 쉬운 일이 아니다. 좀 과장해서 말한다면 그 글을 쓰는 것만큼의 품과 시간이 들어가기 마련이다. 왜냐하면 그 글을 읽게 만드는 데 가장 많은 영향을 미치는 것이 사실상 내용보다는 제목인 까닭이다. 주변에 글줄깨나 써대고 저서도 펴낸 사람들의 이야기를 들어보면 제일 어려운 것이 탈고 이후 제목을 다는 일이라고 한다. 하긴 뭔가 있어 보이려면 제목이 그럴듯해야 한다.

한 걸음 더 나아가 그 제목에 사상성과 시류까지 반영할 수 있으면 그야말로 금상첨화라고 하겠다.

얼마 전에는 《방외지사方外之士》라는 책과 《장외인간場外人間》이란 소설이 내용은 그만두고라도 그 제목이 주는 공통된 메시지가 더없이 시선을 끌어당겼다. 그래서 서평도 열심히 읽고 광고문도 끝까지 통독했다. 방외지사(方外之士, 고정관념과 경계선 너머의 삶을 추구하는 사람)의 가장 큰 매력은 현장의 이해관계에서 한 발짝 비껴나 있다는 점이다. 그러니 상황을 객관적으로 파악하는 능력이 상대적으로 뛰어날 수밖에 없다.

지혜에는 영역이 없다. 그리고 시대를 가리지 않는다. 전 국민의 경제 지식을 한 단계 끌어올렸다는 평가를 받는 1997년 외환위기 시절에 있었던 일이다. 어느 승려한테 지인이 상의를 해왔다. 부도로 인하여 이것저것 다 정리하고 나니 어느 정도의 금액이 남았는데 이 돈으로 무슨 주식을 사면 가장 좋겠느냐고. 그는 자포자기 상태로 반쯤은 도박하는 심정이었을 것이다. 그래서 승려는 모 회사 주식을 사라고 권했다. 승려 역시 당시 보통사람들처럼 경제에는 전혀 문외한이었다. 그러나 그 회사마저 망한다면 우리나라 자체가 망할 것이라는 생각이 들어 즉석에서 추천한 것이었다. 몇 년 이후의 결과는 그야말로 대박이었다. 승려가 그렇게 자신 있게 말할 수 있었던 이유는 간단하다. 경제와는 이해관계가 전혀 없는 장외인간이라서 주변을 상식적으로 바라볼 수 있는 마음의 여유를 갖고 있었던 것이다.

방외지사를 제대로 표현한 말은 '축성여석築城餘石'일 것이다. 성을 쌓고도 남은 돌이라는 뜻이다. 사실 성을 쌓자면 큰 돌은 큰 돌대로, 작은 돌은 작은 돌대로 모두 쓰임새가 있다. 하지만 다 쌓고 난 다음 남는 돌이 있기 마련이다. 해방 이후 한국 불교를 화려하게 장식했던 선지식들이 나이가 들자 소일거리 삼아 이야기나 나누면서 지내고자 몇 번 모이다 보니 자연스럽게 모임이 만들어졌다. 이 모임의 이름이 바로 '남은 돌'이다. 모두 뒷방으로 그리고 승단마저 떠나 진짜 장외인간의 안목으로 살고 싶다는 마음이 '남은 돌'이라는 이 한마디에서 묻어난다.

방외지사와 장외인간이라는 말이 모두에게 부각되는 것은 다람쥐 쳇바퀴같이 반복되는 일상의 틀을 깨어버리고 뭔가 일탈적이면서 동시에 내면적인 자유를 추구하려는 시대적 욕구 때문인 듯하다. 하지만 이를 추구한다고 해서 구름을 타고 다니며 이슬만 먹고 살 수는 없는 것이 현실이다. 발은 땅을 딛고 살지만 마음만큼은 어디에도 얽매이고 싶지 않다는 또 다른 욕구가 방외지사 내지 장외인간이란 말로 등장한 까닭에 모두에게 잔잔한 공감대를 불러일으키나 보다.

짚신스님

공부하려는 마음 자세가 얼마나 간절한가

중국 당나라 때의 진존숙이라는 스님은 도인으로 명성이 자자한데도 절에서 살지 않았다. 큰 절에 있으면 엄청난 예우를 받을 수 있음에도 불구하고 마을의 다 허물어져가는 집에서 작업복 같은 허름한 승복을 입고 짚신을 삼으면서 생계를 이어갔다. 그리고 여분의 짚신은 대문 앞에 걸어놓고 오가는 길손들에게 그냥 나누어주었다. 그렇게 사는 이유는 하나뿐이었다. 대접을 받는 것 자체가 빚이라고 생각한 것이다. 그는 젊었을 때 절강 성 용흥사라는 사찰에서 일천여 명의 대중을 거느리고 호령하면서 산 적도 있었다. 그때도 숨어서 짚신을 삼아 대중에게 몰래 나누어주었다. 나이가 들어서는 모든 걸 버리고 숨어 살면서 입에 풀칠할 정도가 되면 나머지 짚신은 남에게 그냥 주었다. 말 그대로 적선積善이었다. 그래서 사람들은 그를 '짚신스님'이라고 불렀다.

아무리 감추어도 사향의 향기는 퍼지기 마련이고 호주머니의 송곳은 삐어져 나오기 마련이다. 후배 승려들이 공부를 배우기 위해 그를 찾아왔다. 하지만 짚신스님은 전부 문 앞에서 쫓아

버렸다. 젊었을 때처럼 대중을 또 모을 수 있었음에도 불구하고 그렇게 하지 않았다.

하루는 한 젊은이가 '제자로 받아달라'면서 기어코 대문을 밀치고 들어오려 했다. 몇 번을 거절했지만 막무가내였다. 얼마나 귀찮게 하던지 올 때마다 대문을 닫아걸었다. 그런데 하루는 대문 안으로 발이 들어온 줄 모르고 문을 세게 닫아버리는 바람에 그 승려의 발목이 부러졌다. 그 정성에 감동하여(또는 미안하여) 할 수 없이 제자로 받아들였다. 수업료로 '발목 부러짐'을 받은 것이다. 눈에 보이는 것만 경제적인 가치가 있는 것은 아니다. 대접받는 것을 빚이라 생각하여 받지 않는 것, 짚신을 삼으면서 정신을 한 곳으로 모아 삼매에 몰입하는 것 자체가 눈에 보이지 않는 정신문화의 가치 창출이다.

스님에게 짚신을 만드는 행위란 단순한 호구지책이 아니라 수행을 위한 방법론이었다. 짚신의 효용은 그것에 그치지 않았다. 남은 짚신은 사회에 환원했다. 그리고 수업료를 돈이나 노동력으로 받는 대신, 공부하려는 마음 자세가 얼마나 간절한가에 그 기준을 두었다. 제자 역시 그 간절함이 너무 큰 까닭에 발목이 부러져도 원망하는 마음을 내지 않았다. 그저 제자로 받아주기만 하면 그것으로 그만이었다.

소크라테스의 아내

관점이 바뀌면 인생이 달라진다

흔히 '악처'의 대명사로 소크라테스 부인을 입에 올린다. 진짜 악처였는지는 모르겠지만 소크라테스의 사상 형성에 지대한 영향을 미친 것은 사실인 모양이다. 그런데 문제는 악처라는 사실이 아니라 그러한 가정적인 '부정적 요소'를 불편으로 여기지 않고 승화시켜 '긍정적 요소'로 작용하도록 했다는 사실이다. 즉 인류의 대사상가가 탄생하는 데 '악처'도 그 어느 것 못지않은 역할을 하도록 만들었다는 점이다.

'악처'에 대한 문제 해결 방법은 세 가지가 있다. 먼저 이혼하고 새로운 처를 맞아들이는 방법이 있다. 하지만 이것은 반드시 '좋은 마누라'를 만날 것이라는 확실성이 없다. 살아봐야 알 수 있기 때문이다. 그렇다면 두 번째로 악처를 교화시키는 방법이 있다. 그러나 이것도 말처럼 쉽지 않다. 인류의 대사상가라는 소크라테스마저도 그것에 실패한 것을 보면 말이다.

마지막으로 새 마누라를 얻을 수도 없고 기존 마누라 성격을 바꿀 수도 없는 사람들이 선택할 수 있는 방법이 있다. 나를 바꾸는 것이다. 사실 냉정하게 보면 악처에 대한 두 가지 해결책 모두 이기심에서 비롯된 것이다. 결국 자기 이익을 위한 것이다. 그렇다면 어떻게 해야 하는가 중도론이 필요하다. 그래서 달라이 라마 승하는 차라리 "나를 바꾸라"고 하셨다. 즉 내 마음을 바꾸라는 말씀이다. 마음이 변하면 인생이 변하기 때문이다.

똑같은 대상이라도 마음을 바꾸면 모든 게 다르게 보인다. 컵에 물이 반 정도 남아 있는데 어떤 사람은 "반밖에 안 남았네"라고 하지만, 어떤 사람은 "아직 반이나 남아 있네"라고 한다. 물론 전자보다 후자가 훨씬 더 인격적으로 성숙하고 마음이 건강한 사람이다. 이건 체념이 아니다. 관점이 다르기 때문이다.

봄과 겨울, 열매와 씨앗

모든 것은 서로가 서로를 포함하고 있다

연휴인지라 일주일가량 산중 암자로 가서 여유 있는 시간을 보냈다. 그런데 도심에 살다가 오랜만에 산으로 가니 정말 춥다. 지난번에 내린 눈이 아직도 얼어 있는데 그 위로 다시 눈발이 날리고 있다. 게다가 상수도마저 꽁꽁 얼어붙어 물이 전혀 나오지 않는다. 할 수 없이 털모자를 눌러쓰고 잰걸음으로 밖으로 나가 물을 바가지로 통에 퍼 담아 와서 밥을 해먹고 세수를 해야 했다. 물을 길어 먹고 또 데워서 발을 씻으니, 문명의 혜택이 전혀 없는 오지에 온 것 같은 기분이다. 산 속으로 오니 진짜 겨울임을 실감할 수 있었다. 이래서 옛사람들이 참으로 봄을 기다렸겠구나 하는 생각이 든다.

섣달그믐이라 마당의 비질은 평상시와 반대로 했다. 즉 대문쪽에서 집 안쪽으로 쓸면서 들어왔다. 복을 집 안으로 끌어들이기 위한 바람을 행동으로 표현한 옛 어른들의 지혜를 본 받기 위함이었다. 그러고 나서 방과 부엌, 헛간 등 집 안 곳곳에 불을 밝혔다. 한 해가 바뀌는 것을 지켜본다는 수세守歲의 세시풍습을 이어가기 위한, 어찌 보면 또 다른 역사적 계승 작업을 하고 있는 셈이었다.

그리고 이것은 경청 선사가 말한 '정월 초하룻날 아침에 복을 여니 만물 모두가 새롭다'는 덕담으로 한 해를 열고 싶은 내 개인적 기원이기도 했다. 지금은 절집 말고는 음력을 별로 사용하지 않는다. 양력으로 보신각 제야의 종소리를 듣고 해맞이로 새해 다짐을 하지만 사실 따지고 보면 그것은 '까치설날'이다. 진짜 '우리 우리 설날'은 음력 정월 초하루다. 하지만 달력은 이미 한 장이 넘어가버린 상태다. 현실과 이상은 또 이렇게 다른 것이다.

어쨌거나 겨울이 없다면 봄의 귀함을 제대로 알 수 없을 것이다. 보리는 춘화春化 처리를 하지 않으면 싹이 돋지 않는다고 한다. 얼리는 것을 춘화라고 하니 참으로 그 의미를 제대로 아는 사람이 이름을 붙여놓은 것 같 다.

사실 추위라고 하는 것은 더위가 모자라는 것일 뿐이다. 어둠은 밝음이 부족한 것일 뿐이다. 고구마는 가을에 거두어들이면 열매이지만 봄이 되어 밭으로 나가면 씨앗이 된다. 열매이면서 동시에 씨앗인 것이다. 씨앗 속에 열매가 포함되어 있고 열매 속에 씨앗이 들어 있다. 마찬가지로 겨울 속에는 봄이 내재되어 있고 어둠 속에는 이미 밝음이 들어 있다. 이 모든 것이 서로가 서로를 포함하고 있는 것이지, 각각 분리되어 존재하는 것은 아니다. 그래서 설날이 지나면 평범한 사람들도 겨울 속에서 봄을 읽어낼 수 있는 것인지 모른다.

그럼에도 불구하고 현실생활에서는 시작의 약속된 출발점이 있어야 한다. 입춘도 거의 설날과 절기가 비슷하다. 모두가 시작의 의미이다. '입춘대길'이라는 큼직한 글씨를 대문에 써 붙이는 것도 한 해의 시작을 잘해보리라는 다짐을 밖으로 나타내는 또 다른 삶의 지혜라 할 것이다.

이제 봄이다. 모진 겨울이 길다고는 하지만 때가 되면 부드러운 봄기운에 밀리기 마련이다. 하지만 그 봄 역시 항상 봄일 수만은 없다. 그래서 당나라 때 지현후각 선사는 이런 시를 남겼나 보다.

> 꽃 피니 가지 가득 붉은색이요
> 꽃 지니 가지마다 허공이네.
> 꽃 한 송이 가지 끝에 남아 있지만
> 내일이면 바람 따라 어디론지 가리라.

눈 내리는 아침
차 끓이는 소리

뜨거운 번뇌를 한 잔의 뜨거운 차로 식히다

눈이 많이도 내렸다. 무릉계곡은 흐르는 물이 그대로 얼어붙어 시간까지도 정지시켜버린 것 같다. 어귀의 금란정 누각에는 길손마저도 내리는 눈을 피하지 않았는지 발자국 없이 텅 비어 있다. 조금 더 걸어 들어가니 화강암 다리 저편 골짜기 절에 다행히도 처마 위로 기와를 올리는 일꾼들의 모닥불 연기가 피어오르고 있었다. 그나마 인기척을 느끼게 해준다. 눈바람에 목을 움츠린 채 종종걸음으로 서둘렀다. 황토온돌방에 놓여 있는 투박하면서도 기품 있는 찻상과 물 끓는 소리가 우리를 기다리고 있다.

고려 말엽 송광사에 머물고 있던 진각혜심 선사는 참으로 멋을 아는 차인이었다. 오늘같이 눈이 가득 내린 날 인적마저 완전히 끊어진 암자에서 화로에 불을 붙이고 소반 가득 눈을 담아와 그 녹인 물로 차를 끓였다. 눈의 무게를 이기지 못한 솔가지가 부러지는 소리를 들으면서 마시는 차 한 잔에 세속 바깥의 멋을 혼자서 음미하곤 했다. 그야말로 방외지사의 모습 그 자체였다.

어느 노스님은 지금도 거의 차를 드시지 않는다. 젊을 때부터 그랬다고 한다. 다반사茶飯事라고 했는데 어째서인지, 언젠가 궁금해서 그 까닭을 여쭌 적이 있다.

"예전에 수행한다고 한참 애를 쓰고 있던 시절, 또래 나이의 도반들이 툇마루에 앉아서 공부는 뒷전이고 차나 마시면서 잡담하고 있는 게 너무 보기 싫어서 그랬지."

하루는 우리끼리 차를 마시고 있는데 심심하셨는지 가까이 다가와 옆에 앉으시는 게 아닌가. 그래서 차를 한 잔 올렸다. 그날은 드셨다. 그러고는 이어 한마디 하셨다.

"그런데 요즈음은 잠이 안 와서 더는 못 먹어."

젊은 학인 제자 일백여 명과 함께 지내는 어느 칼칼한 강사스님은 경전 연구하는 시간을 빼앗기는 게 싫어 아예 찻상을 치워버렸다. 심지어 어여쁜 제자들 간식거리를 잔뜩 가져다준 후원자들까지 맨입으로 돌려보냈더니 어느 날부터인가 대중들의 먹을거리마저 팍팍해졌다. 할 수 없이 지금은 일본 유학시절 익힌 말차 솜씨를 한껏 발휘하여 성의를 다해 손목이 아프도록 거품을 내어 다려주신다고 한다. 그 차를 마시려고 일부러 나도 몇 번 들렀다.

섣달에 내린 눈을 녹인 물을 납설수라고 부른다. 눈을 녹여

차를 끓여 마시는 그런 낭만은 이제 이 강원도 첩첩 골짜기라고 해도 공해로부터 자유롭지 못해 어려울 것 같다. 제대로 끓이지 못한 물을 맹탕이라고 부른다. 그래서 사람도 설익은 놈을 맹탕이라고 하는지 모르겠다.

번뇌란 근본적으로 뜨겁다. 출세나 명예 그리고 부를 향해 치달리는 세간에서는 늘 마음이 들끓기 마련이다. 그 뜨거운 번뇌를 한 잔의 뜨거운 차로 잠시 식힐 수 있다면 참으로 좋은 일이다. 그래서 예로부터 차를 제대로 마시고자 하는 이는 좋은 물과 차를 얻는 데 시간과 노력을 아끼지 않았다. 사실 그것도 또 하나의 번뇌이긴 하지만, 이를테면 번뇌로 번뇌를 제거한다고나 할까.

덧붙여 차의 나뭇가지가 가늘고 작다고 할지라도 열매가 맺힌다는 의미인 '명가유실리茗柯有實理'는 설사 외형이 허술할지라도 그 내면은 충실해야만 하는 이즈음 세태에 가장 가슴에 새겨두어야 할 명언으로 제격이다.

혜월 선사의 셈법

네 것과 내 것, 너와 나의 분별이 없다

최인호 씨는 가장 능력 있는 작가군에 속한다고들 말한다. 문외한인 내가 봐도 그렇다. 특히 《길 없는 길》의 경우 절집에서 객담처럼 알려져 있는 뻔한 이야기들을 모아 다섯 권이나 되는 분량으로 조립한 실력에 아연 혀를 내두를 수밖에 없다. 내가 보기에는 별것도 아닌 내용을 가지고 앞뒤로 꿰맞추고 게다가 수식어도 잘도 갖다 붙인다. 한 되짜리를 한 말로 튀겨내는 재주를 가졌다.

게다가 베스트셀러가 되어 원고료는 말할 것도 없고 인지세도 적지 않게 받았다고 하니 너무나 경제적인 글이라고 하겠다. 경전이나 어록들은 정제된 언어로 되어 있다. 그런 글들을 늘 접하는 승가 사회의 구성원들은 감정이 절제된 압축 언어를 좋아한다. 항상 진국으로 졸여내는 훈련을 받은 탓이다. 이게 간단하긴 하다. 문제는 한 말짜리를 가지고 한 되짜리로 만들어버리니 전혀 수지타산이 맞지 않는다는 사실이다. 아주 비경제적인 글이 될 수밖에 없는 것이다.

《길 없는 길》의 주인공인 경허 스님은 세 명의 수제자를 두었다. 흔히 '삼월'로 불리는 혜월·수월·월면(만공) 선사가 그들이다. 그 중에서도 혜월 스님은 가장 비경제적인 인물로 묘사해도 좋을 것 같다. 그 어른은 늘 뙤약볕 아래에서 얼굴이 그을리도록 논밭을 일구고 짚신을 삼고 빗자루를 매어 오일장에 내다 팔면서 소박한 일상생활 가운데 참선을 하며 살았다.

그러다가 부산 선암사 주지의 소임을 맡게 되었다. 주지는 '경제적인 사고'를 해야 하는 자리다. 그 절 재산을 늘리든지, 하다못해 현상 유지라도 해야만 한다. 그래서 의욕적으로 산을 개간하기로 했다. 개간 비용을 충당하기 위하여 논 다섯 마지기를 팔았다.

하지만 여러 달 만에 겨우 세 마지기를 개간하는 데 그쳤다. 다섯 마지기를 팔았으면 최하 여섯 마지기 이상으로 늘려야 하는데 그렇지 못했다. 일꾼들이 일하다가 게으름이 나면 스님께 법문을 해달라고 졸랐고, 그러면 시간 가는 줄 모르고 법문을 들려주었기 때문이다. 가난한 절 살림에 보탬이 되게 하기 위하여 벌인 개간 사업이 결과적으로 사찰의 재산을 축낸 꼴이 되어 함께 살던 스님들의 불평이 이만저만 아니었다. 그러자 혜월 스님이 호통을 쳤다.

"이 소견머리 없는 놈들아! 논 다섯 마지기가 어디 갔느냐? 누가 농사를 짓든 간에 다섯 마지기는 그대로 있고 세 마지기가 더 늘어났지 않느냐."

불교의 경제 논리는 '네 것'과 '내 것'을 구별하지 않는다. 그리고 일꾼들에게 법문을 들려주어 그들의 '마음밭'을 일구는 데 일조했다면 설령 논이 두어 마지기 줄었더라도 별로 괘념치 않는다. 너와 나의 분별이 없기 때문에 소아적 이해타산이 없고, 온 인류가 한 가족을 이룬다는 세계관 위에서 모든 걸 전체적으로 계산하는 '신경제 이론'인 셈이다.

부처님은 왜
죽은 아이를 살리지 않았을까

해결과 해소, 마음에 실체가 없음을 아는 바른 안목

혜가 스님이 달마 대사를 찾아가서 한마디 여쭈었다.

"제 마음이 편치 못하니 스님께서 제 마음을 편안하게 해주소서."

"너의 마음을 가지고 오너라. 내가 편안케 해주리라."

"저의 편안하지 못한 마음을 찾으려 하니 찾을 수가 없습니다."

"그렇다면 내가 이미 너의 마음을 편안하게 만들어주었다."

마음에 실체가 없다는 사실을 자신이 알게 함으로써 번뇌를 스스로 제거하도록 하는 것은 선사들이 즐겨 사용하는 방법이다. 이는 부처님께 배운 것이다. 부처님 당시에 갑자기 아들이 죽어버린 여인이 부처님을 찾아왔다.

"부처님, 제 아들을 살려주십시오."

"아들을 살려줄 테니 시키는 대로 하겠느냐."

"아들만 살려주신다면 무슨 일이든 다 하겠습니다."

"그러면 좋다. 아랫마을에 가서 쌀을 좀 얻어 오너라. 단, 죽은 사람이 없는 집에 가서 얻어 와야 한다."

아들을 살릴 수 있는 방법치곤 너무 쉽다고 생각한 여인은 동네를 돌기 시작했다. 대문을 두드려서 인기척이 나면 "이 집에 죽은 사람은 없습니까?" 하고 물었다. 온 동네를 다 돌았으나 죽은 사람이 없는 집은 어느 곳에도 없었다. 그 여인도 참으로 슬기로운 사람이었다. 부처님이 무엇을 가르치고자 하는지 알았기 때문이다. 여인은 내 아들만 죽는 것이 아니라 모든 사람이 죽는다는 사실을 깨달았다. 그리고 아들의 죽음을 객관적인 위치에서 볼 수 있는 마음의 여유를 되찾았다. 동시에 슬픔도 사라졌다.

아들의 죽음에 관한 문제를 푸는 데에는 두 가지 방법이 있었을 것이다. 첫째, 여인의 소원대로 당신의 신통력을 이용하여 아들을 살려내는 것이다. 둘째, 여인으로 하여금 모든 사람이 죽는다는 사실을 알게 하는 것이다. 전자는 해결법이요, 후자는 해소법이다. 부처님은 해결법을 사용하지 않고 해소법을 선택했다. 왜냐하면 전제 자체가 잘못되었기 때문이다. 아들을 살려달라는 것은 죽음이 내 아들에게만 없어야 한다는 전제가 깔려 있다. 혜가 스님이 번뇌의 실체가 있다고 생각한 것과 마찬가지로, 전제가 잘못되었다면 그 전제 자체가 잘못임을 알게 해주는 것이 문제의 근원적 해결법이다. 즉 해소적 해결인 셈이다.

종교는 중생의 잘못된 욕망을 확대 재생산하는 데 기여해서는 안 된다. 중생에게 욕망의 실상이 무엇인지를 분명히 보게 함으로써 그것이 부질없는 것임을 알게 해주어야 한다. 중생의 욕망에 영합하여 종교까지 물질적 이익의 충족을 위한 도구가 되게 한다면, 이는 스스로 종교의 고유 영역을 무너뜨리는 결과를 빚게 된다. 부처님이 신통력으로 아들을 살려줄 수도 있었을 텐데 왜 그렇게 하지 않았는지를 깊이 헤아려야 한다. 현상계의 실상을 제대로 보게 하여 중생으로 하여금 바른 안목을 가지도록 하는 것이 더 중요하기 때문이다.

인생,
꿈인 줄 알면서 몸부림쳐보는 것

제대로 알고 보면 꿈이 현실이다

2006년 여름, 보현보살의 성지인 아미산 순례를 마치고 돌아오는 길에 사천성 성도의 무후사에 들렀다. 원래 제갈공명을 기리던 사당이었으나 명나라 때 유비의 위패가 합사되면서 관우, 장비까지 함께 따라와 그야말로 《삼국지》의 성지가 되었다. 천하에 큰 뜻을 가진 이라면 누구나 그들의 '도원결의'를 한번쯤은 생각하기 마련이다. 그들은 "한 해 한 달 한 시에 태어나지 못했어도 한 해 한 달 한 시에 죽기를 원하오니……"라는 맹세를 결연히 한 후 의형제를 맺고서 '왕실의 정통성 회복'이라는 대의와 명분에 함께했다.

결사란 뜻이 맞는 사람끼리 하나의 목적을 이루기 위하여 행동을 같이할 것을 약속하는 것을 말한다. 신라 때 발징 화상이 주도한 건봉사 만일결사는 서른한 명이 육신등공肉身騰空하여 왕생했다고 전해지는 우리나라 결사의 효시다. 가장 유명한 결사는 지눌1158~1210 선사의 정혜결사定慧結社다. 개경의 보제사에서 열린 담선談禪 법회를 계기로 동지 십여 명과 함께 명리를 버리고 산림에 은둔하여 수행할 것을 약속함으로써 출발한 것이다.

결사란 혼탁한 시대를 맑히려는 원력에서 출발한다. 그런 의미에서 현대적으로 가장 의미 있다고 할 수 있는 '봉암사 결사'는 조선의 억불정책과 일제시대를 거치며 세속화한 이 땅의 불교를 맑히기 위한 원력으로, 해방 이후 뜻있는 선각자들에 의하여 정화결사 운동으로 나타난 것이다. '부처님 법대로 살자'는 기치 아래 성철, 청담, 자운 스님 등 이십여 명이 1947년 한국 불교의 정초를 잡기 위해 나선 삼 년간의 결사였다.

성철 선사는 1965년 8월 22일 토요일, 일력 종이 뒷면에 "크나큰 환상을 안고 봉암사로 갔다…… 공주규약 초안을 대중에게 제시하고 자세하게 설명하였다"라는 메모를 남겼다. 결사란 그야말로 크나큰 환상, 어찌 보면 꿈이다. 꿈인 줄 알면서도 몸부림쳐보는 것이다. 그건 부처님을 향한 대의명분 때문이다. 대의와 명분 없이 이익을 위한 결사는 누구도 결사라고 불러주지 않는다. 사상과 철학 그리고 비전이 없는, 자리와 이권을 위한 결사는 협잡이다. 협잡과 결사는 결국 대중이 공감할 수 있는 대의명분의 유무에 따라 갈라진다.

유비의 그 큰 대의명분도 그에게 삼국통일의 주인공이라는 영광을 안겨주지 못했다. 봉암사 결사도 한국전쟁으로 인하여 미완성으로 끝났다. 그래도 여전히 유비의 꿈은 현재진행형이다. 봉암사의 꿈 역시 현재진행형이다.

봉암사 결사가 환갑을 맞이했다. 불교가 안팎으로 어렵다. 그래서 우리는 결사 60주년을 맞이하여 그 꿈을 다시 꾸어보는 것이다. 한 사람이 꿀 때는 꿈이지만 모두가 꿀 때면 현실이 된다.

조계종의 소의경전인《금강경》은 그 꿈을 이렇게 말했다.

"모든 법이 본래 꿈인 줄 알고 보라."

제대로 알고 보면 꿈이 바로 현실인 것이다.

우리는 정말
'함께' 잘 살고 있는가

같은 시공간에 살면서 다른 생각을 하는 사람들

이십 년 만에 옛 친구들을 만나게 되었다. 비가 억수같이 쏟아지는데 이곳 해인사까지 승용차 두 대로 나누어 온 것이다. 연락을 받고서 도착할 때까지 '모두들 어떻게 변했을까' 은근히 기다려졌다. 과일도 준비하고 다식도 챙겼다. 조금 후 바깥이 왁자지껄했다. 도착한 모양이다. 방문 앞에 쳐놓은 대발을 걷고서 마루로 나갔다. 아니나 다를까, 친구들은 이제 아랫배도 나오고 얼굴에는 중년 티가 가득하다. 반갑게 인사를 나눈 후, 이십대 시절 머리 모아 함께 고전을 윤독하면서 진리를 토론하던 그 시절 이야기가 오고 갔다.

그러나 그 시간은 길지 않았다. 그 추억을 제외하고는 더 이상 나눌 이야기가 없었던 까닭이다. 말없이 그들의 이야기를 들으면서 나는 차만 열심히 우려냈다. 각자 위치에서 너무 많은 세월이 흘러버린 것이다. 대화에 끼일 수 없었던 것은 내 탓이었다. 산중에서 수행한답시고 어떻게 보면 세상과는 다소 무관한 듯이 살아온 나에게 더 큰 허물이 있었다. 이런 느낌은 혈육이 찾아왔을 때도 마찬가지였다. 설사 함께 있더라도 함께 있는 것이 아니라는 사실을 또 한 번 절감해야 했다.

우리가 같은 시대, 같은 공간에 살고 있다고 해서 과연 함께 살고 있는 것일까? 시간과 공간만을 같이할 뿐이지 각자 자기 세계에서 혼자 살아가고 있는 것은 아닐까? 그런 경우를 종종 마주치게 된다. 대기업 인사부장을 지낸 분에게 직접 들은 이야기다. 노조와 이해관계가 첨예하게 대립할 때는 '저 사람들과 그동안 한솥밥 먹은 것이 사실인가?' 할 정도로 서로가 서로를 불신하면서 적대감으로 대하게 된다고 한다. 같은 배를 타고 있다는 지극히 당연한 사실조차 까마득하게 잊은 채 말이다.

언젠가 모 지자체 단체장으로 출마하여 당선된 분의 말씀도 귓가에 쟁쟁하게 남아 있다. 당신이 처음 군수를 지냈던 1960년대에는 국민의 대다수가 농민인지라 농민을 위한 정책이 전 국민적인 환영을 받았다. 그래서 새마을운동이 들불처럼 일어날 수 있었다. 하지만 지금은 워낙 계층이 다양화하고 직업의 종류가 많아져서 아무리 훌륭한 정책을 내놓더라도 그 혜택을 입을 수 있는 사람이 국민 가운데 10퍼센트에 불과하다. 반대로 그 정책의 집행으로 인하여 손해를 보는 사람이 또 10퍼센트쯤 된다.

그리하여 두 10퍼센트의 구성원들끼리 피 튀기며 갑론을박을 벌이는 사이에 나머지 80퍼센트는 이익도 손해도 없는 무관심층으로 전락해버린다는 것이다.

그분은 이제 국민 숫자만큼의 정책이 나와야 하는지라 정치를 하기 정말 힘든 시대에 살고 있다는 당선 푸념을 어른스님께 쏟아놓고 가셨다. 선거운동은 양반이 할 것이 아니라는 말씀을 마지막으로 덧붙이며.

우리는 늘 이상적인 공동체를 꿈꾸며 살아간다. 작게는 가족공동체, 크게는 지구공동체에 이르기까지 좀 더 나은 세계를 향해 부단히 함께 노력해온 것이 인류의 역사다. 전쟁조차도 명분은 늘 그러했다. 종교 공동체의 하나인 불교 교단에서는 이상적 공동체를 만들기 위하여 여섯 가지 화합법을 강조하고 있다. 함께 행동하고, 같은 의미로 규정된 언어를 쓰고, 사상을 같이하고, 같은 법률을 지키고, 바른 견해를 함께하고, 이익을 함께 나눈다는 조항이 그것이다. 동시에 화합을 파괴하는 행위를 가장 큰 죄목으로 다스리고 있다.

단옷날 부채 단상

여름 화로 겨울 부채의 지혜

단옷날이다. 이제 본격적으로 여름이 시작된다. 선방에서는 하안거 결제인지라 산문을 걸어 잠그고 금족령이 내려진 채 참선 정진하며 화두와 씨름하고 있을 것이다.

송나라의 쌍삼원 선사는 "참선하는 집 안에서는 달이 차는지 이지러지는지 윤년인지 아닌지도 전혀 모르다가 세모진 송편을 먹고 나서야 비로소 오늘이 단오인 줄 알았다. 오늘 아침도 변함없이 찻잔에 차를 부어 대중들과 함께 창포를 씹으니 몸 안에서 땀이 나는구나"라고 하여 정진 와중에 자기도 모르는 사이 단오를 맞이하고서 여름임을 안 당신의 심경을 그대로 전해주고 있다.

산중 큰절에 살 때에는 비구니 암자에서 쑥떡을 만들어 전 대중에게 공양을 내면 단오가 왔음을 알 수 있었다. 이 쑥떡은 암자마다 서로 경쟁하듯 맛과 솜씨가 유별나다. 정말 종이처럼 얇게 빚어내는 그 솜씨에 우리 모두 감탄사를 연발했다. 떡을 별로 좋아하지 않는데도 그 쑥떡에는 손이 갔다. 쓰디쓴 익모초 즙도 몸 생각해서 한 사발 마셔두면 여름을 나는 데 도움이 되었다.

더불어 단오에 빠질 수 없는 것은 부채일 것이다. 이제부터 땀이 나기 시작하기 때문이다. 며칠 전에 알고 지내던 화가로부터 합죽선을 선물 받았다. 물 머금은 연잎 위에 개구리가 얌전히 앉아 있는데, 그 붓질에 올여름도 건강하게 이겨내라는 그의 마음이 그대로 묻어난다. 그림을 보기만 해도 시원한 여름을 보낼 수 있을 것 같다.

부채와 일휴1394~1481 선사의 글씨에 얽힌 일화는 단옷날 한 번쯤 들어둘 만한 이야기다. 어느 날 선사께 평소에 신세를 지고 있던 부채가게 주인이 찾아왔다. 그는 눈물을 뚝뚝 흘리며 이별을 고했다. 빚으로 인해 가게가 넘어가게 되었다는 것이다. 선사는 묵묵히 들으며 도움이 될 수 있는 방법이 없을까 곰곰이 생각하다가 무릎을 쳤다. 다음날 일찍 가게에 나갔다. 그리고 '오늘 하루만 일휴의 붓글씨가 새겨진 부채를 판매함'이라고 가게 앞에 광고문을 내걸었다. 소문이 삽시간에 퍼지면서 얻기 힘든 선사의 글씨를 소장하겠다며 너도나도 몰려들기 시작했다. 하루 만에 빚을 갚은 것은 말할 것도 없고 여윳돈까지 모아준 후 선사는 표표히 절로 되돌아왔다. 이제 선풍기, 에어컨이 부채를 대신하는 시절인지라 여름이 되어도 부채가 필요 없게 되어버렸다. 일휴 선사가 환생하여 다시 오더라도 부채를 팔아서는 돈이 되지 않는 세상이다. 예전에 낭인 정치인 몇몇이 모여, 때를 기다린다는 의미의 '하로동선夏爐冬扇'이란 음식점을 경영한다는 기사를 본 적이 있다. '여름 화로, 겨울 부채'란 당장은 별로 쓸모가 없지만 때가 되면 요긴하게 사용되는 것이니, 그들은 권토중래를 꿈꾸며 결사모임을 꾸렸던 것이다.

부채는 이제 햇빛가리개나 의례용으로 겨우 명맥을 유지하고 있으니 그 부채의 운명만큼이나 시절은 빨리빨리 '하로동선'을 만들어낸다. 하루가 다르게 신기술이 나오는 전자제품은 어제 것도 '하로동선'으로 만들어버린다. 컴퓨터 운영프로그램의 변천은 7080세대인 내 순발력으로는 도저히 따라잡을 수가 없다. 젊은 직원들이 거들어주지 않으면 이제 보고서 하나도 제대로 작성할 수 없게 되었으니 나 역시 이 시대의 '하로동선'이 되어버린 것인가. 그래서 열반하신 통도사 경봉 노사의 말씀을 위로처럼 오늘 아침에 떠올린다.

> 봄날에 부채를 부치면 온갖 꽃 곱게 피고
> 여름에 부채를 부치면 구름이 일고 비가 오며
> 가을에 부채를 부치면 모든 나무에 낙엽이 지고
> 겨울에 부채를 부치면 서리와 눈이 내린다.

비우고 비우니 꽃이 피다

무소유의 끝은 베풂과 보시로 나타난다

5월은 가정의 달이다. 물론 혼자 사는 수행자에게 가정이라는 것이 있을 리 없다. 하지만 가정이 없는 것도 아니다. 언제나 많은 사람들이 찾아주기 때문이다. 이 세상 모든 사람들이 나의 식구인 셈이다.

그 많은 식구를 거느린 셈 치고는 작은 방을 가졌다. 물론 혼자 산다면 큰방이기도 하다. 4평은 족히 됨 직하다. 한 평 정도의 공간은 칸막이 형태의 문으로 나누어놓았다. 처음 이 방으로 거처를 옮겨 왔을 때였다. 앞서 살던 스님의 취향이 그대로 묻어났다. 다락방이 있었는지 계단과 천장을 봉한 흔적이 있었다. 아마 모르긴 해도 철저하게 무소유를 실천하기 위한 방법으로 보인다. 아무래도 다락이라는 빈 공간이 있으면 뭔가를 채우고 싶은 마음이 일어날 것이다. 그렇지 않더라도 별 필요 없는 허드레 것이라도 쌓아두기 마련이다. 미리 그런 마음이 일어나지 않도록 다락방을 없애버린 것 같다. 조금 손을 보면 다시 다락방을 살릴 수도 있었지만, 나 역시 그 스님의 삶의 방식을 그대로 따르기로 마음먹었다. 눈에 보이지 않는 스승인 셈이다.

도배를 하기 위하여 칸막이 이편의 한 평짜리 쪽방으로 몸을 옮겼다. 민무늬의 벽지로 도배를 하고 바닥에는 기름 먹인 종이 장판지를 발랐다. 완전히 마른 후에는 바닥에 콩기름을 먹였다. 깨끗한 벽지가 주는 감흥은 좋은 글씨나 그림 못지않다. 빈 공간이 주는 넉넉함은 편안함 바로 그것이다. 그래서 아무것도 걸지 않았다. 방바닥은 시간이 지나면서 노란빛으로 더욱 윤기를 내면서 짙어져간다. 그 자체가 하나의 소박한 장식인 셈이다.

도배지와 장판지가 마를 때까지 쓰기로 한 쪽방은 참으로 편안한 공간이었다. 그래서 그대로 살고 세 평의 큰 방은 그대로 비워두기로 했다. 많은 식구를 거느렸으니까. 차를 마실 수 있는 도구들만 그쪽으로 옮겼다. 바로 다실이 꾸며진 셈이다. 모두에게 돌려주는 그런 공간이라는 의미를 살렸다.

그 다음 책을 정돈해야 했다. 내게 가장 많은 살림살이가 바로 책이다. 나는 책에 대한 애착이 남다르다. 그러다 보니 막 주워 모아온 게 사실이다. 한 평 공간에 배치하려다 보니 여간 수고로운 게 아니었다. 버리자. 또 버리자. 우선 분류를 했다. 꼭 가지고 있어야 하는 것만 골라내었다. 나머지 쓸 만한 것은 도서관으로 돌렸다. 그 정도도 안 되는 책들을 안고서 빈터로 갔다. 모아놓고 불을 질렀다. 타는 책의 불꽃을 바라보고 있으니 노스님의 육신을 태우는 다비식을 보는 것만큼이나 무상감이 느껴졌다. 앞으로 애착이 생길 때마다 책을 태워야겠다고 생각한 것도 그 무렵이다.

후련한 마음으로 다시 방 안으로 돌아왔다. 뭔가 툭 하면서 발길에 차였다. 편지 뭉치였다. 나는 편지를 쓰고 받는 걸 무척이나 좋아한다. 그러다 보니 적지 않은 글을 받았고 또 보냈을 것이다. 보낸 이의 정성과 마음을 갈무리하려다 보니 그 양 또한 적지 않았다. 하나하나 다시 뇌리에 새기듯 읽어나갔다. 다 소중한 이야기들이었다. 모두 모아서 그 공터로 갔다. 불씨를 다시 일으켜 태웠다. 그 뒤부터는 편지가 오면 읽고 바로 태우기 시작했다. 문 앞 담벼락 아래 흙으로 구운 붉은 화분이 화로 역할을 해오고 있다.

이런 식으로 모든 것을 하나하나 정리하면서 줄여 한 평 공간으로 모았다. 공간을 비우니 마음까지 비워지는 듯하다. 현상적인 변화를 통해 본질적인 변화를 추구해가는 것이 보통사람들의 올바른 비우기 순서인 듯하다.

하지만 이런 무소유적 비움은 한 걸음 더 나아가 좀 더 적극적인 비움으로의 전환을 요구한다. 즉 무소유에서 그치는 것이 아니라 적극적 베풂의 형태로 나아가야 한다는 것이다. 그래서 무소유는 한 걸음 더 나아가 '보시'라는 행위로 나타나게 된다. 이러한 보시행은 내 가족 내 식구라는 울타리를 벗어난, 즉 나와 남을 구별하지 않는 마음을 가져야 실질적으로 가능하다. 그래야만 진정한 보시가 되기 때문이다. 이름을 내기 위한 혹은 무언가 심리적 · 물리적 대가를 기대하는 그런 보시는 보시라는 이름을 빌린 욕심의 또 다른 연장 행위일 뿐이다.

종교인에게는 철저한 무소유가 미덕이다. 세상에서 열심히 사는 사람들은 부지런히 재물을 아끼고 모으면서 남에게도 베풀 줄 아는 것이 미덕이다. 종교인의 무소유적 마음이나 세상 사람들의 베풂의 마음이나 모두가 보시다. 다만 형식적 무소유나 계산적이고 의도적인 베풂은 진정한 보시가 되지 못함을 아울러 기억해두어야 할 것이다.

이번 5월에는 이 세상을 모두 나의 가정으로 생각하는 그런 가정의 달이 될 수 있도록 마음 씀씀이를 한번 바꾸어보는 것도 좋겠다.

기억과 기록

텅 비워라. 그게 지혜롭게 사는 길이다

혼자 살다 보면 나이를 잊고 산다. 지금도 이십대인 줄 안다. 하지만 그런 마음과는 상관없이 생물적 나이는 세월만큼 먹기 마련이다. 새삼 실제 나이를 종종 실감하게 된다. 언제부턴가 새벽잠이 없어졌다. 학인시절 모시고 살던 노장님께서 늘 새벽 두 시경이면 불도 켜지 않은 방에서 인기척을 내던 기억이 새롭다. 그때는 참선하기 좋은 시간이라 그 시간에 일어나신 줄로만 알았다. 지금 생각하니 새벽잠이 없어진 연세 탓도 있음을 알게 되었다. 나이가 든다는 것은 '이해되지 않는 것이 줄어드는 것'이라고도 했다. '어찌 그럴 수가 있는가' 하며 비분강개하다가도 '뭐 그럴 수도 있지' 하면서 타협하는 자비심 아닌 자비심이 많아졌다.

이제 건망증을 당연하게 받아들인다. '그래, 잊어버릴 나이도 됐지. 그 많은 시시콜콜한 것을 모두 기억하려면 얼마나 머릿속이 복잡하겠어? 그래! 텅 비워라. 그게 지혜롭게 사는 길이다.' 그렇게 마음먹으니 모든 것에 조금은 담담해졌다. 예전에는 기억해야 할 것을 잊어버리면 나 자신에게 화가 났었다. 망각의 실수를 반복하지 않기 위해 생각한 것이 남들처럼 메모하는 것이었다. 드디어 나도 '수첩승려'가 된 것이다. 어디건 어느 때건 수첩을 꼭 끼고 다녔다. 부지런히 기록했다. '적어야 산다. 그래, 적자생존이다.' 그런데 기록했다는 그 사실조차 잊어버릴 때는 더 이상 방법이 없었다. 4월 첫 월요일 세종문화회관에서 열린 '고려대장경 천 년의 해' 선언식에 다녀왔다. 대장경 역시 외워서 서로에게 전하던 것을 어느 날 문자로 기록하기 시작한 결과물이다. 기억의 한계를 인정하고 기록으로 바꾼 셈이다. 그날도 '기억과 기록'에 대한 사회자의 말이 모두의 공감을 불러일으켰다.

"소장학자 시절에는 아는 것 모르는 것 부지런히 적어 와서 시간이 모자라도록 말합니다. 그러다가 나이가 조금 들면 게을러진 탓에 기억하는 것만 말합니다. 나중에 귀밑털이 하얘지면 생각나는 대로 말합니다."

사회자는 천년모임의 좌장격인 이어령 씨가 언젠가 다른 모임에서 한 말이라는 해설을 달았다. 행사를 마치고 지인들과 인근 다방에서 뒤풀이를 했다. 재기발랄한 사십대 어느 문인이 그 명언보다 한 술 더 뜨는 어록을 남기는 바람에 박장대소했다.

"저는 말해놓고 생각합니다. 그렇게 된 지도 이미 오래되었습니다."

도시 유목민

언제나 떠날 수 있는 자세로 살다

또 짐을 쌌다. 옮겨 다니는 것에 익숙할 수밖에 없는 승려인데도 이사는 준비 과정 그 자체가 또 다른 번뇌다. 그동안 머물던 처소가 조계사 시민선원 증축 부지에 편입되는 바람에 헐리게 되었다. 그동안 최소한의 생활도구만 갖추고 산 덕에 옮길 짐은 비교적 단출했다.

《월간 해인》에 오랫동안 영상을 기고하고 있는 사진작가 이일섭 씨는 자기를 소개할 때 늘 '도시 유목민'이라고 한다. 그 말 한마디에 그의 삶이 그대로 묻어남을 알 수 있다. 작품과 이름을 지면으로만 보다가 어느 해 연말 송년회 자리에서 그를 처음 만났다. 인상적인 것은 헤어스타일이 나처럼 까까머리라는 점이었다. 그는 참석한 스님이 몇 명 되는지라 인사할 때마다 "죄송합니다"를 연발했다. 임의로 출가자 머리 모양을 흉내 낸 것에 대한 사과로 들렸다. 사과할 일도 아니지만 그는 출가자들의 숫자와 위세에 밀려 그렇게 말했을 것이다.

그 뒤 그의 프로필에 '인왕산 밑에 집 한 채를 장만하여 만족하게 살고 있다'는 내용이 더해진 것을 본 뒤에는 내가 안심이 되었다. 그런데 언제부턴가 다시 '요즈음 미국에 있다'는 내용이 추가되었다. 그가 천생 유목민의 피와 기질을 가지고 있음을 고스란히 보여주고 있었다. 머묾 자체가 그에게는 따분함으로 다가왔을 것이다. 떠남은 스트레스이지만 동시에 신선함을 준다는 것을 알고, 그래서 늘 떠남을 실천하고 있는 '재가의 운수납자'다.

그나저나 오늘만큼은 나도 그가 말하는 '도시 유목민'이 되었다. 이사를 마치고 짐 정리도 제대로 못 한 채 어수선한 방에서 잠을 잤다. 이튿날 아침 주말 장거리 일정 때문에 일찍 숙소를 나섰다. 점심은 다른 절에서 먹었다. 그야말로 동가식서가숙이었다. 세간에서도 이 집 저 집 떠돌아다니며 숙식을 해결하는 나그네의 삶을 이렇게 표현한다.

하지만 정반대의 뜻도 있다. 두 집 살림을 하는 능력 있는 가부장의 삶을 말하기도 하는 것이다. 동쪽 집에 있는 부인은 음식을 잘 만든다. 서쪽 집에 머무는 첩은 아름답다. 그래서 밥은 동가東家에서 먹고 잠은 서가西家에서 잔다. 하긴 그래 봐야 맛집, 멋집 두 채밖에 안 된다.

부처님은 삼시전三時殿에서 사셨다. 여름과 겨울 그리고 봄, 가을에 사는 집이 달랐다. 하지만 모두 버리고 천하를 내 집 삼아 평생 떠돌아다녔다. 그야말로 길에서 살다가 길에서 열반에 드셨다. "한 나무 그늘 밑에 삼 일 이상 머물지 말라"는 부처님의 가르침은 살고 있는 자리에 대한 애착을 경계하신 말씀이다. 동네 강아지도 자기 집 대문 앞에서는 크게 짖고, 운동 경기 역시 홈그라운드의 이점이 있기 마련이며, 노점상도 자릿세가 있고 어지간한 가게는 모두 권리금이라는 이름으로 텃세를 부리는 것은 이 세상의 자연스런 이치다. 자리를 먼저 그리고 오랫동안 점거한 사람이 누리는 권리인 셈이다. 하긴 공찰도 몇 번 주지를 재임하고 나면 개인 절처럼 되어버리는 경우 역시 이와 별로 다를 바 없다고 하겠다.

선가禪家에서는 '사바세계는 내가 잠시 머물다 가는 여관'이라는 표현을 사용했다. 운수행각 그 자체가 일상사인 것이지 따로 '머물 자리'라는 고정된 개념을 세우지 않으려고 무던히도 애를 썼다. 다만 그저 머무는 기간의 차이만을 인정했을 뿐이다. 결제는 한 철 동안의 머묾이고, 주지는 한 만기 동안의 머묾일 뿐이며, 인생 역시 몇 십 년 기한의 스쳐감일 뿐이다.

불감혜근1059~1117 선사가 주지로 나가면서 스승인 영원유청 선사에게 하직인사를 드렸다. 그리고 한 말씀 내려주실 것을 청했다. 스승은 말했다.

"주지란 마땅히 지팡이와 걸망 그리고 삿갓을 주지실 벽 위에 걸어놓고 언제든지 납자처럼 가볍게 떠날 수 있는 자세를 갖추고 살아야 한다."

자동차 안에서 미륵을 만나니

분에 넘치는 탐욕과 어리석음을 경계하다

자동차종합보험 기피 대상자에 종교인이 포함되어 있다고 한다. 보험회사의 적자 누적을 메우기 위해 일선 생활설계사에게 내려진 내부 지침에 이 내용이 포함되어 있음을 알고는 아연할 수밖에 없었다. 장거리 이동이 잦은 데다 독신이라는 요소가 과속으로 연결되기 때문에 위험에 노출되는 정도가 심한 건 사실이다. 하지만 세간에서 이렇게 드러내놓고 문제를 삼을 만큼 상태가 악화된 줄은 몰랐다.

사실 이보다 외견상으로 더 문제가 되는 것은 이들이 타고 다니는 자동차의 고급화, 중대형화 추세다. 이 역시 잦은 장거리 이동과 함수관계를 가진다. 사실이 그렇더라도 세간의 심정적인 동의를 얻을 수 없다는 데 문제가 있다. 모 종교의 최고 지도자가 가장 작은 자동차를 탄다는 사실 자체가 광고에 인용될 정도이니……. 화려함은 옛날에도 문제가 되었던 모양이다.

신라시대의 경흥 국사는 대궐에 들어갈 때마다 화려하게 치장한 말을 탔고 차림새 또한 그 못지않아 지나가던 행인들이 저절로 길을 비킬 정도였다. 하루는 국사 앞에 초라한 행색의 승려가 광주리에 마른 생선을 지고 앉아 있었다. 승복에 생선을 지고 있는 것이 눈에 거슬린 국사는 "부정한 물건을 지고 있다"며 호통을 쳤다. 그러자 "살아 있는 고기(馬)를 두 다리에 끼고 있는 것보다 죽은 고기를 메고 있는 게 더 싫단 말입니까?" 대꾸하고는 사라졌다. 알고 보니 그는 문수보살의 화현이었다. 이에 국사는 크게 느낀 바가 있어 다시는 말을 타지 않았다.

위의 이야기가 실려 있는《삼국유사》〈경흥우성憬興遇聖 경흥국사가 성인을 만나다〉편은 미륵보살의 "나는 말세에 염부제에 태어나 먼저 석가의 말법제자들을 제도할 것이다. 그러나 다만 말을 타는 비구만을 제외시켜서 그들로 하여금 아예 부처님을 보지 못하게 할 것이다"라는 게송으로 마무리를 짓고 있다.

차를 타는 게 허물인 시대에 살고 있지는 않다. 그렇지만 종교인이 보험 기피자로 분류된다든지 보통사람의 수준을 웃도는 고급차로 세간의 눈살을 찌푸리게 할 정도면 율장 정신에 크게 어긋난다. 경흥 스님에게 화현했던 그 문수보살이 오늘의 비구들에게 나타난다면 어떻게 대할는지 참으로 궁금하다. 그리고 미륵보살은 이렇게 말하지나 않을지 모르겠다.

"나는 말세에 해동에 태어나 석가모니의 말법제자들을 제도

할 것이다. 그러나 지나치게 과속하는 차, 또는 필요 이상의 사치
를 부린 차를 탄 승려들은 제외하겠노라."

사람을 아끼고 가꾸고 키우는 일

결국 지극한 정성이 큰일을 이뤄낸다

절집에는 '제자 하나 두면 지옥 하나 늘어난다'는 말이 전해온다. 스승과 제자 간의 관계를 이보다 더 실감나게 표현할 수는 없을 것이다. 지옥 하나를 등에 지면서도 사람을 거두었고 또 제대로 다듬어서 절집과 불법佛法을 이어가게 하였다. 제자를 받으려면 논 몇 마지기를 주어 자기 앞가림을 할 수 있도록 배려한 것도 얼마 전까지 이어져온 절집 풍습이다.

현장 법사의 제자 사랑은 유별났다. 말썽꾸러기 규기를 지옥고를 기꺼이 감수하며 가르치고 또 가르쳐서 법을 이어가게 했다. 그는 인고忍苦의 스승이었다. 이러한 집념과 아량은 뒷날《성유식론成唯識論》을 비롯한 많은 경전의 번역에 중추적 역할을 했으며, '백본논사百本論師'로 불리며 유식종을 완성한 제자 규기632~682 스님을 키워냈다(《송고승전》4권 〈규기〉 편).

규기는 무사 집안 출신이었다. 현장 스님은 눈썹이 수려하고 눈이 맑은 규기 소년을 보자마자 법기法器임을 알아보고 제자로 삼기 위하여 갖은 공을 다 들였다. 근위장군인 아버지 위지종경에게 겨우 출가 허락을 받아내고 나니 오히려 당사자인 아들이 완강히 저항했다. 한마디로 출가하고 싶지 않다는 것이었다. 두 번 세 번 권하니 규기는 마지못해 출가의 조건을 제시했다.

"저의 세 가지 일을 들어주신다면 출가를 약속하겠습니다. 곧 정욕을 끊지 않고, 피를 먹고, 오정午正이 지나도 먹을 수 있도록 해주십시오."

이를 한마디로 줄이자면 여자 문제와 음식 관계는 어떻게 하든 간에 시비하지 말라는 것이었다. 현장 스님은 도저히 출가자로서 자격이 성립될 수 없는 이런 약속까지 하고서 그를 출가시켰다. 출가 뒤에도 그가 외출할 때는 늘 세 대의 수레가 따라다녔다. 앞의 수레엔 경전을 싣고 가운데 수레는 자기가 타고 뒤의 수레엔 기녀妓女와 산해진미를 싣고 다니는지라 세간 사람들은 빈정거리는 투로 '삼거법사三車法師'라고 불렀다. 그러한 따가운 눈총에도 불구하고 현장 스님은 참고 또 참으면서 규기를 재발심시켜 훌륭한 수행자로 거듭나게 하고자 했다.

규기 스님이 "아홉 살에 부친상을 당하고서는 점점 부속(浮俗, 세상 일)이 멀어져갔다"고 말한 데서 보듯이 삼거三車의 사실 여부가 좀 미심쩍긴 하다. 어쨌거나 은사가 제자를 위하여 얼마나 많은 공을 들여야 하는지를 단적으로 보여주는 대표적인 일화라 하겠다.

제도나 조직이야 인위적인 힘으로도 가능하지만 인재를 확보하는 일은 제도만으로 되는 게 아니다. 그 중심에는 대중의 신망을 받는 선지식이 늘 구심 역할을 해왔다. 현장 법사나 구마라집 법사는 실력도 실력이지만 인간적으로 따뜻했고 또 대중을 감싸 안는 포용력이 누구보다도 뛰어났다. 그래서 많은 제자를 거둘 수 있었다.

그들은 물이 너무 맑으면 고기가 모여 들지 않고 사람이 너무 맑으면 따르는 사람이 없다는 사실을 누구보다도 잘 알고 있었다. 조직이나 제도를 만드는 것도 사람이고 운용하고 이끌어 나가는 것도 사람이다. 결국 모든 것은 사람의 일이다. 인재 확보는 모든 일의 승패를 좌우하는 제1의 요소다. 결국 사람을 아끼고 가꾸고 키우는 일이 모든 불사의 처음이자 마지막인 것이다.

시간은 누구도 기다려주지 않는다

있는 그 자리에서 최선을 다하는 삶

얼마 전 유럽에 다녀왔다. 비행기를 두 시간 이상 타본 적 없이 아시아권에서만 맴돌던 나로서는 정말 긴 여행이었다. 시차가 여덟 시간 이상 나는 까닭에 그곳에 도착하니 여덟 시간이 공짜로 생긴 것을 알았다. 시차적응으로 힘들기보다는 괜히 들떠서 기분이 좋아졌다. 그와 동시에 '이게 어떻게 된 거야. 도대체 시간이란 무엇인가?' 하는 의문이 함께 일어났다. 그러고 보니 시간이란 것도 하나의 약속에 불과하다는 사실을 새삼 깨달았다. 하긴 갈 때, 날아도 날아도 비행기 창밖은 계속 저녁 무렵일 뿐. 어린 왕자가 자기가 살고 있는 별에서 슬픈 날 노을을 오래 보고 싶을 때면 의자를 계속 옮기면서 노을을 보았다고 하는 이야기가 자꾸 생각났다.

사람들은 무엇이든지 이름 붙이고 의미 달기를 좋아한다. 시간도 마찬가지다. 새해니 묵은해니 하면서 이름을 붙이고 애써 거기에다가 의미를 부여한다. 이건 생각이란 놈의 장난 같기도 하지만 다른 한편으로는 참으로 사려 깊은 지혜로운 일이기도 하다.

여기에 시작도 끝도 없는 긴 시간이 있다. 그냥 그대로 둔 채 살아가도 아무 일 없다. 왜냐하면 태어나면서부터 죽을 때까지 내가 알 수 있는 시간을 냉정하게 따져본다면 같은 시간이 두 번 다시 나에게 오지 않는 것이 사실이기 때문이다. 어제의 아침과 오늘의 아침은 같은 시간이 아니다. 설사 시계는 같은 숫자를 가리키고 있더라도 말이다.

하지만 이렇게 살면 별로 재미가 없을 것 같다. 그저 평범한 눈으로 바라보면 해가 뜨고 또 지는 것이 반복되는 것으로 보인다. 달이 차고 이지러지는 것도 되풀이되는 것으로 보인다. 싹이 트고 잎이 돋고 낙엽이 지고 눈이 내리는 것도 일정한 격식이 있는 것으로 보인다. 그래서 '하루'라고 이름 붙이고 '한 달'이라고 이름 붙이고 '한철'이라고 이름 붙이고 '일 년'이라고 이름을 다는 것이겠지.

흐르기만 하는 긴 시간을 나름대로 토막 내고 이름 붙이고 의미를 부여한다. 그 이유는 하나뿐이다. 모든 것을 나날이 새롭게 느끼고 맞이하고 또 스스로를 다지고 추스르고 되돌아보기 위함이다. 그래서 공자는 "하루의 계획은 아침에 있고 일 년의 계획은

봄에 있으며 평생의 계획은 젊을 때 있다"고 하신 것이다. 그래서 송년회를 하면서 한 해를 반성하고 새해 계획을 거창하게 만들어 스스로를 채찍질하는 것이다.

있는 시간 그 자체를 보는 것도 좋은 일이다. 이는 사실을 있는 그대로 보려고 하니 참으로 좋은 일이다. 하지만 잘라서 이름 붙이고 의미를 부여하는 것 역시 슬기로운 일이다. 사람들이 넓은 지구 위에 모여 살다 보니 해가 뜨는 것을 기준으로 시간을 정할 수밖에 없다. 함께 시간을 약속해야 공동체 생활이 가능하고 그 공동체의 구성원인 나를 함께 살아갈 수 있도록 해주기 때문이다.

여기에서 하나 더 추가한다면 시간의 주관성 문제이다. 시간이 너무 잘 가면 '흐르는 화살 같다'고 하고, 시간이 지겨우면 '하루가 삼 년 같다'고 한다. 똑같은 길이의 시간을 내가 어떻게 느끼느냐에 따라 빠르게 혹은 느리게 되는 것이다.

시간은 과거에서 현재를 거쳐 미래로 흘러가는 것처럼 보이지만 엄밀하게 말하면 과거와 미래는 생각 속에만 있는 것이지 실재하는 것은 아니다. 오직 현재만이 있을 뿐. 현재라는 이름의 찰나 찰나의 시간 연결 속에서 순간순간 최선을 다하는 삶이 될 때 저절로 과거와 미래는 빛난다. 그 사람의 과거를 알고 싶으면 그 사람의 현재를 보면 된다. 그 사람의 미래를 알고 싶어도 그 사람의 현재를 보면 된다. 과거의 결과가 현재이며 현재의 결과가 미래이기 때문이다.

그래서 순간순간 있는 그 자리에서 최선을 다하는 삶의 자세가 필요한 것이다. 그러면 오늘이니 내일이니 금년이니 내년이니 하면서 시간을 자를 일도 없다. 그래서 조선시대 학명 스님은 오래 전에 이런 시를 남겨 두었다.

> 묵은해니 새해니 분별하지 말게.
> 겨울 가고 봄이 오니 해 바뀐 듯하지만
> 보게나! 저 하늘이 무엇이 달라졌는가?
> 우리가 어리석어 꿈속에 사네.

구법여행과 관광 유람

해골물 속에도 진리는 있다

해외여행이 보편화된 시대에 살고 있다. 승려들의 해외여행은 이미 일천 년 이상의 역사를 가지고 있는 터라 사실 새삼스러울 것도 없다. 하지만 《대당서역기》를 남긴 현장 법사나 《왕오천축국전》을 남긴 혜초 스님의 해외여행은 법을 위하여 목숨을 건 구도 행각이었다.

오늘날 승려들의 해외여행은 대부분 관광의 성격이 짙은지라 교단 내부에서조차 "꼭 가야 하는 여행인가?"하는 의문과 함께 그 소비성을 우려하는 형편이다. 법을 위해 몸을 버리는 위법망구爲法忘軀의 행이 아니라 몸을 위하여 법을 잊어버리는 위구망법爲軀忘法의 유람이 아닌가 하는 문제제기가 나오고 있다.

법현337~422 스님은 기행문 《불국기佛國記》에서 "나쁜 귀신과 열풍이 많다. 이를 만나게 되면 모두가 죽기 마련이다. 하늘을 날아다니는 새도 없고 땅 위를 달리는 짐승도 없다. 사방을 쳐다보아도 방향조차 잡을 수 없으며, 다만 죽은 사람들의 뼈만을 표지판으로 삼을 뿐이다"라고 하였으며, 의정635~713 스님은 《대당

서역고승구법전》에서 "구법의 길을 떠난 사람이 백 명이 넘으나 돌아오는 수효는 열 명이 채 못 되니 후대 사람들이 어찌 고인의 어려움을 알겠는가" 하여 당시 구법여행의 어려움과 각오를 오늘날까지 생생히 전해주고 있다. 당시 해외로 가는 길에는 산적들이 자주 출몰하여 낭패를 당하는 경우가 비일비재했다. 가진 것 다 빼앗기고 목숨이라도 부지한다면 그건 운이 좋은 경우였다. 겨우 살아남더라도 계속 자연의 악조건과 싸워야 했고 목마름과 배고픔의 연속이었다. 가다가 사람이나 낙타나 말의 죽은 시체가 발길에 차이면 여기까지는 제대로 왔다는 표지판으로 여겨 오히려 안도의 한숨을 쉬어야 하는 그런 형편이었다. 그리고 언젠가는 자신도 죽어서 남의 안내 표지판이 될 수 있다는 것까지도 담담히 받아들여야 했다.

이처럼 신심과 원력, 강인한 체력과 불퇴전의 정신력 그리고 구도에 대한 간절함이 있어야만 비로소 구법여행을 떠날 자격을 갖출 수 있었다. 그런 자격이 있음에도 불구하고 원효 스님은 아예 여행 자체를 포기했다. 신라에서 당나라로 가던 도중 무덤 속에서 하룻밤을 묵으면서 해골물을 마신 뒤, 이튿날 아침 '진리는 밖에서 찾는 것이 아니라 안에서도 찾을 수 있다'는 사실을 확인한 까닭이다.

관광 유람을 구도여행으로 착각하고 나다니는 세계화 시대의 출가자들은 "후학들아, 꼭 해골물 한 잔 마셔야만 정신 차릴 텐가. 시주물 그만 낭비하고 돌아오너라" 하는 선지식의 근심스런 꾸중 소리를 들을 줄 알아야겠다. 공부를 위한 만행인지 놀이를 위한 여행인지, 출발하기 전에 스스로 점검해볼 일이다. 시대는 달라도 그 정신은 지금도 유효하므로.

억수가 쏟아져도 잘못 놓인 그릇에는 물이 담길 수 없고,
가랑비가 내려도 제대로 놓인 주발에는 물이 고인다

2

잘못 놓인
그릇엔
물이 고이지
않는다

앞만 보는 담판한

진정한 담판한은 자기 일에 충실하고 결국 남도 이롭게 한다

혹 자기 키보다 긴, 몸통보다 넓은 널빤지를 등에 지고 옮겨본 경험이 있는 사람이라면 알 것이다. 머리를 돌리는 일이 자유롭지 못한 까닭에 불편한 자세로 그냥 앞만 보고서 판자를 내려놓아야 할 곳까지 갈 수밖에 없다는 사실을. 설사 도중에 옆에서 반가운 사람이 부른다 할지라도 앞만 응시하고서 착 깔린 목소리로 대답만 할 수 있을 뿐이다. 인간은 본래 150도 정도의 각도로 볼 수 있는 넓은 시야를 가지고 있다. 하지만 이런 경우 널빤지 때문에 목적지까지 정면만 쳐다보고 가야 한다. 이렇게 '널빤지를 짊어진 사람'을 불교에서는 '담판한擔板漢'이라고 부른다.

고지식한 담판한은 모든 사람이 자기를 배려해주어야 한다고 믿는다. 하지만 널빤지를 짊어지고 오랫동안 먼 길을 가다 보면 목표점에 내려놓은 뒤에도 그동안 몸에 배인 습관 때문에 자기도 모르게 한쪽 면만 보는 것에 익숙해진다. 이후 의식적이건 무의식적이건 보고 싶은 것만 보려고 하는 성향으로 굳어지기 마련이다. 이렇게 되면 일시적 담판한이 아니라 영구적 담판한

소리를 듣게 된다. 즉 사물이나 생각이 한편에 매몰되면서 전체를 보지 못하고 치우친 행동을 하는 '외골수'가 되는 것이다.

담판한이 무조건 부정적인 것은 아니다. 긍정적인 모습도 있다. 그것은 장인정신으로 나타난다. 오로지 묵묵히 자기 길만 간다. 좌우를 돌아보지 않으며 또한 남의 일에는 가급적 시시비비를 논하지 않는다. 한 분야에서 일가견을 이룬 사람이나 오래된 가게의 주인장들이 이런 부류에 속한다.

종로세무서는 수십 년 동안 같은 상호로 세금을 잘 내어온 가게 명단을 공개한다. 그런 집이라면 누구에게나 믿음을 준다. 그래서 혹시나 이용할 일이 있을까 하여 그 기사를 오려두었다. 제대로 알고서 보면 담판한은 담판한이 아닌 것이다. 진정한 담판한은 자기 일에 충실하다. 결국 그것이 남도 이롭게 만든다.

사실 한 우물만 파면서 평생 정진하기란 그리 쉬운 일이 아니다. 남들로부터 인정을 받기 시작하면 온갖 유혹이 사방에서 손길을 뻗친다. 배고프고 목마른 말이 기름진 평원을 만나자 오른쪽 풀밭으로 가자니 왼쪽 시내가 눈에 밟히고, 물을 먼저 마시자니 싱싱한 풀밭이 너무 아쉬워 좌우를 힐금거리는 것과 마찬가지다. 탤런트 같은 교수, 정치꾼 같은 종교인을 목도할 때 받는 느낌은 그리 개운하지 않다. 유명세는 얻었을지 몰라도 자기 정체성을 스스로 훼손해버린 것에 대한 아쉬움이 남는다. 하지만 이제 그 정도의 담판한이라는 말을 들을 수 있는 사람마저도 귀한 시절이 되었다. 문제가 되는 담판한도 많다. 담판한의 부정적인 면은 독선주의로 나타난다. 세상의 모든 것을 객관성을 상실한 자기 잣대로 판단하고 자신의 논리를 주변에 강요하면서 모두를 피곤하게 만든다. 이런 부류를 독일의 역사학자 프리드리히 마이네케는 '세상을 자기 잣대로 보려는 위험한 사람들'이라고 규정했다.

본래 인간은 사실에 근거하지 않은 채 자신이 믿고 싶은 것만 진실로 받아들이려는 성향이 강하다. 이를 '트루시니스truthiness' 라고 한다. 미국에서 사전을 만드는 어느 출판사가 2001년을 대표하는 단어로 이것을 선정한 것을 보면 담판한은 여전히 현재 진행형이다. 어쨌거나 우리는 종교 역시 하나의 널빤지가 되어버린 시대에 살고 있다. 마음을 편안하게 해주어야 할 종교마저 때로는 길고 넓은 판자가 되어 주변인까지 힘들게 만드는 일이 비일비재하다. 각 종교가 짊어지고 있는 현재의 널빤지들이 버릴 수 없는 판자일수록 더욱더 낮은 목소리가 필요하다.

노힐부득과 달달박박

독화살 뽑을 생각은 않고 분석만 하고 있지 않는가

만동자라는 이름을 가진 호기심 많은 제자가 부처님께 심각한 표정으로 질문했다. "세계는 영원한가, 영원하지 않은가"라는 시간적 한계에 관한 문제, "세계는 끝이 있는가, 없는가"라는 공간적 한계에 관한 문제, "목숨과 몸은 같은가, 다른가"라는 영혼과 육체에 관한 문제 등이었다.

이에 대하여 부처님은 우리의 인식 영역 밖의 문제를 인식 영역 안으로 억지로 끌어들인 방법론 자체가 잘못된 것이라며 무기無記, 판단 자체를 하지 않고 침묵하는 것으로 일관했다. 그리고 그러한 호기심은 "독화살을 뽑을 생각은 하지 않고 독화살을 분석하고 있는 것과 다름이 없다"며 수행에 별로 도움이 되지 않는 태도라고 꾸짖었다. 이런 대립된, 그러면서도 해결할 수 없는 명제를 우리는 이율배반이라고 부른다.

율장은 겉으로 나타나는 위의威儀에 비중을 두는 근본율과, 내면적인 마음의 자세에 초점을 맞추는 심지계心地戒라는 두 축을 밑바탕으로 이루어져 있다. 때로는 근본율이 가지는 형식주의와 심지계가 가지는 내용주의 간에 상호충돌이 일어나기도 한다. 이를 '율장의 이율배반'이라고 부른다. 율장에 나타나는 이율배반은 해결할 수 없는 형이상학적인 문제가 아니라 구체적이고 현실적인 문제라는 점에서 만동자의 의문과는 그 성격을 달리한다.

살생계와 음행계를 동시에 범한 두 수행자가 초췌한 표정으로 우팔리 존자를 찾아왔다. 전후사정을 모두 들은 우팔리 존자는 "참회할 방법이 없다"며 냉정하게 잘라 말했다. 두 죄목 모두 4바라이에 해당되어 교단에서 추방되어야 하는 중죄였다. 근본율의 입장에서 보면 당연한 조치였다. 더욱 황망해진 이들이 어쩔 줄 몰라 하고 있는데 지나가던 유마 거사가 이들을 발견했다. 그 까닭을 듣고는 다음과 같은 게송을 들려주었다.

"죄라고 하는 것은 실체가 없으며 마음에서 일어난 것이다. 따라서 그 마음만 없앤다면 죄 역시 없어지기 마련이다. 죄도 없어지고 죄지었다는 마음도 없어져 모두가 공空해진다면 그때 바로 진정한 참회가 이루어진다."

유마 거사는 심지계의 입장에서 그들의 눈을 열어주었다.

두 선객이 길을 걷고 있었다. 마침 소나기가 내린 뒤라 개울물이 급작스럽게 불어났다. 바지를 걷어 올리고 물을 건너려는

데 한 여인이 발을 동동 구르고 있었다. 개울을 건널 수 없었기 때문이다. 한 선객은 '여자와 신체 접촉을 하지 말라'는 계율에 충실하고자 그냥 모른 체하고 혼자 성큼성큼 건너갔다. 다른 한 선객은 자비심을 내어 그 여인을 등에 업고 개울을 건넜다. 한참 길을 가다가 혼자 개울을 건너간 선객이 한마디 거들었다.

"상황이 설사 그러하더라도 어찌 수행자가 여인을 등에 업는단 말이오."

근본율의 형식주의 입장에서 그 허물을 꾸짖었다. 그러자 그 선객은 심지계의 입장에서 오히려 상대방이 계율을 지키지 못하고 있다고 힐난했다.

"난 아까 이미 여인을 등에서 내려놓았는데 그대는 아직도 업고 있구려."

백월산 동쪽 골짜기에는 노힐부득의 토굴이, 북쪽 골짜기에는 달달박박의 토굴이 있었다. 둘이서 공부를 약속하고 삼 년이 지났을 무렵이었다. 해질 무렵 젊은 낭자가 달달박박의 토굴로 찾아와서 자고 가기를 청했다.

"갈 길은 먼데 날은 저물어 모든 산이 어둡고 길은 막히고 마을은 멀어 인가도 아득하네. 오늘은 이 암자에서 자려 하노니 자비로운 스님은 노하지 마소서."

달달박박은 “절은 청정해야 하니 그대가 가까이 올 곳이 아니오. 어서 다른 곳으로 가시고, 여기에서 지체하지 마시오”하고는 문을 닫고 들어가버렸다. 근본율에 충실하자는 입장이었다. 할 수 없이 낭자는 근처에 있는 노힐부득의 토굴로 가서 다시 하룻밤을 청했다. 노힐부득은 이 말을 듣고 매우 놀라면서 “이곳은 여자와 함께 있을 곳이 아니나 중생을 따르는 것 역시 보살행의 하나일 것이오. 더구나 깊은 산골짜기에서 날이 어두웠으니 어찌 소홀히 대접할 수 있겠소” 하고는 그녀를 암자 안으로 들어오게 했다.

밤이 되자 노힐부득은 마음을 맑히고 혼자일 때와 마찬가지로 희미한 등불이 비치는 벽 밑에서 고요히 염불을 했다. 여인과 같이 있는 것이 문제가 아니라 어떤 마음으로 있느냐 하는 것이 더 문제였다. 그는 심지계의 입장에 따랐던 것이다.

한 가지 사건을 두고 근본율과 심지계의 입장에 따라 전혀 다른 해석을 하는 이율배반을 어떻게 설명해야 하는가. 인도의 우팔리 존자와 유마 거사의 안목 차이, 중국의 두 선객의 관점 차이 그리고 신라의 두 토굴 스님의 입장도 그러하다. 이것은 현재 우리가 부딪히고 있는 부분이기도 하다.

근본율이 가지고 있는 형식주의는 자칫하면 ‘계율을 위한 계율'이라는 극단적 형태로 나타날 위험성이 있다. 이런 한계의 해결을 위하여 '계 제정의 정신'을 강조하는 심지계가 나올 수밖에 없다. 그러나 이러한 의지 역시 시간이 지나면서 형식은 완전히 도외시한 채 '마음에만 허물이 없으면 된다'는 식의 너무나 추상적인 심리주의 형태로 전락해버린 측면이 있다. 이러한 이중성은 결국 근본율의 형식주의도 없어지고 심지계의 마음 내용도 죽여 버리는 부정적 측면의 극대화 양상으로 치닫게 된다. 이를 《범망경》에서는 "행동은 유위有爲에 걸려 있으면서 입으로만 공空하다고 하지 말라"고 준엄하게 꾸짖고 있다.

근본율의 입장에 충실할 것인가, 심지계의 입장을 견지할 것인가 하는 것은 수행자 개개인의 결정 영역이다. 제대로 된 안목과 율장에 대한 애정만 있다면, 어떤 태도든 크게 문제될 것은 없다. 자연스럽게 형식이 필요한 상황에서는 근본율로 나아갈 것이며, 마음 자세가 필요한 상황에서는 심지계로 나아갈 것이다. 심지계에 충실했던 노힐부득은 미륵불이 되고, 근본율에 충실했던 달달박박 역시 무량수불이 되어 모두 성불했다는 결론은 우리에게 많은 것을 가르쳐준다.

허리 층의 고뇌

중도中道 또한 강한 줏대가 필요하다

가끔 돌출 발언으로 주변을 긴장케 하는 그가 어느 날 뜬금없이 말했다.

"상지당 하글쎄라는 말 알아요?"

서로 물끄러미 바라보며 또 무슨 소리가 나오는가 싶어 그의 입만 쳐다보았다. 그는 헛기침을 몇 번 한 후 그답게 말 속에 뼈가 있는 해설을 달았다.

"윗사람(上)이 말씀하면 무엇이든지 '지당하십니다'라고 하고, 아랫사람(下)이 뭐라고 부탁하면 무조건 '글쎄'라고 하는 거죠."

'상지당'은 요샛말로 하면 '예스맨'이다. 전통적 표현을 빌자면 지당대신至當大臣이라고 한다. 임금이 말씀만 내리면 "지당하십니다"를 연발하기 때문이다. 이건 동서고금에 흔한 광경이다. 하지만 '하글쎄'는 상상력을 초월하는 조어 능력을 보여준다. 아랫사람이 뭔가 곤란한 건의를 해 오면 "글쎄"하면서 보류만 하는 것을 빗댄 말이다. 물론 절대로 자기 견해는 내놓지 않는다. 조직

사회는 반드시 상하 질서가 있기 마련이고 그 질서는 조직의 방향과 목표를 보다 분명하고 능률적으로 성취시킨다.

상과 하는 그 역할이 분명한데 항상 '중中'이 문제다. 위로는 어른을 모시고 아래로는 대중을 끌어가기 때문이다. 설사 '일인지하一人之下 만인지상萬人之上'이라고 하는 재상의 위치라 해도 마찬가지다. 대체로 상하의 두 견해는 평행선을 긋거나 반대 방향으로 치닫기 마련이다. 어른 말씀은 거절할 수 없고 아랫사람 말은 '글쎄'라고 해야만 하는 허리 층의 고민이 이 말 속에 함축되어 있다.

그렇다고 해서 '상글쎄 하지당'이라고 할 수는 없는 노릇이다. 그건 중中의 존재 의미를 사라지게 하기 때문이다. 그렇다면 아난 존자의 혜안을 모범으로 삼을 만하다.

그는 상중하를 동시에 간파했다. 부처님을 뵈러 온 모든 사람을 소개받기를 요구했고, 의심나는 것은 언제든지 물을 수 있도록 요구했고, 자기가 없는 자리에서 이루어진 설법은 다시 해주기를 요청했다. 대신 부처님께 들어온 옷과 음식을 자기는 절대로 받지 않았고, 부처님의 방을 절대로 사용하지 않았고, 부처님을 위한 공양청에 자리를 함께하더라도 말 한마디 하지 않았다.

하지만 독자적 위치 설정의 입장은 단호했다. 아난 존자도 홀로 신도의 초대를 받을 수 있도록 허락해줄 것을 요구했기 때문이다. 이 까다로운 조건을 부처님께서 수락하자 비로소 어중간한 시자 자리에 앉았다. 아난 존자는 중中도 '글쎄'가 아니라 '강한 줏대'가 필요함을 보여준다.

행자에게

억수가 쏟아져도 잘못 놓인 그릇에는 물이 담길 수 없다

잿빛 겨울 산이 주는 가라앉은 듯한 차분함은 산사람들로 하여금 제대로 공부할 수 있게 해준다. 산중 역시 이미 수행자들의 공간으로 남겨둘 만한 여유를 잃어버린 시대이고 보면 더욱 귀한 시간과 공간이 아닐 수 없다.

저녁 예불 후 장삼 위에 가사를 두르고《사미율의沙彌律儀》를 챙긴다. 행자실에 강의를 나가야 하는 날이기 때문이다. 여느 절과 마찬가지로 해인사 역시 행자들은 밥하고 국 끓이고 대중스님 시봉하면서 여러 가지 허드렛일을 거드느라고 진종일 바쁘다. 그리고 일이 끝나는 저녁이면 경전을 익혀야 한다. 고단한 육신임에도 불구하고 그들의 눈빛은 언제나 진지하다.

속명俗名으로 적혀 있는 출석부를 읽어 내리면서 찬찬히 한 행자 한 행자를 바라본다. 나의 출가 시절 모습을 대하는 듯해 가슴이 찡하게 저려온다. 오늘은 지난주에 없던 새 이름이 하나 늘었다. 여러 명의 더벅머리 행자 대부분이 가버리고 이 행자만 남아 삭발을 한 모양이다.

행자실은 엄격하다. 더욱이 총림인 까닭에. 출가하면 바로 보경당에서 삼천배를 하게 된다. 일이 있어 혹 그 앞을 지나갈 때, 댓돌 위에 검정 고무신 한두 켤레는 꼭 놓여 있다. 그건 틀림없이 갓 입산한 속복행자가 참회를 하고 있는 것이리라. 대부분은 여기에 질려 가버린다. 설날이나 제사 때 몇 번 해본 큰절을 하루만에 삼천 번씩이나 해야 하니 그럴 수밖에 없을지도 모르겠다. 하지만 사실 이것이 출가의지를 더욱 굳게 하는 발원의 시간임을 알게 되면 절하기가 좀 수월해진다.

삼천배가 끝나면 곧이어 면벽정진을 일주일가량 하게 한다. 이 역시 차분히 자신을 돌이키고 아울러 정리의 기회를 주기 위한 배려다. 대충 이 두 과정을 지나면 어쭙잖은 수필 몇 줄 혹은 조사기행祖師奇行 몇 편 읽고 호기심을 일으킨 낭만파와 은둔·회의주의자들은 대충 걸러지게 된다.

그러므로 행자 한 사람이 늘었다는 사실은 대단히 소중한 인재를 확보한 셈이다. 나는 눈길을 더 오래 주었다. 강의실 앞자리는 그들의 몫이다. 뒷자리로 갈수록 묵은 행자들이 앉는다. 누구라도 그들 앞에 서면 단박에 뒷자리로 갈수록 얼굴빛이 투명하고 표정이 밝다는 사실을 알게 된다. 앞자리 행자들은 제아무리 발심출가자發心出家者라 하더라도 어딘지 모르게 어색하고 어둡다.

하지만 불과 몇 달 사이에 이같이 얼굴 모양 자체에 변화가 일어나게 된다. 참으로 놀라운 사실이다. '법력은 가히 헤아리기 어렵다'는 경구가 저절로 떠오른다.

강원講院에서 3년차 과정을 배울 때였다. 점심공양 후 뒷방에서 여러 스님들과 어울려 차와 함께 한담을 나누는 동안, 2년차 과정을 배우는 어느 스님이 나에게 넌지시 물었다. 그 스님은 도반들 사이에서 '아주 잘 사는 스님'으로 평이 난 학인이었다.

"스님, 혹시 그때 행자실로 데려다준 청년을 기억하십니까."

그날은 9월 불사佛事를 앞둔 때라 온 산중이 분주했다. 나는 대웅전 앞뜰에 쳐놓은 새끼줄에 연등 다는 일을 맡고 있었다. 웬 청년이 쭈뼛거리며 다가오더니 조심스런 목소리로 '출가하러 왔다'고 했다. 바쁜 탓도 있었겠지만 나는 아마 기계적인 모습으로 그를 행자실로 데려다주었을 것이다. 그냥 의례적으로 '열심히 하라'는 식의 상투적인 말 몇 마디를 내던졌을 것이다. 연등 다는 일과 겹쳐지지 않았다면 까마득히 잊고 있었을 것이다.

사실 워낙 중간에 그냥 가버리는 출가자들이 많은 까닭에 데려다주면서도 별다른 기대를 하지 않는 게 나의 솔직한 심정이다. 따라서 얼굴도 그냥 건성으로 슬쩍 보는 경우가 대부분이다. 게다가 삭발을 해버리고 나면 딴 얼굴이 되어버린다. 그런데 그 스님은 행자실로 데려다준 나를 기억하고는 그 청년이 바로 자기라고 말하는 것이었다.

놀랍고 고맙고 반갑고…… 손을 꼭 쥐었다. 그 일 이후로 나에게 큰 변화가 생겼다. 경내에서 우연히 마주친 그 누구라도 출가하러 왔다고 하면 인연으로 받아들여 정성과 관심으로 대하게 된 것이다. 나는 절친한 도반을 안내하듯이 그들을 행자실로 데려다주었다.

어느덧 세월이 흘러 그들 앞에서 계율을 함께 보는 위치가 되었다. 그들을 수행자로서 거듭나게 하는 계기를 만난 셈이다. 부처님이 내게 맡긴 일이다.

모든 경전이 다 그렇지만 율장은 특히 딱딱하다. 게다가 서슬 시퍼런 문투의 나열로 인하여 더욱 무뚝뚝하게 느껴지기 마련이다. 그래서 경전 속에서 자연스럽게 많은 비유와 예화를 준비해야 한다. '가르치는 것이 배우는 것이다'라는 말이 더욱 실감나는 이즈음이다. '억수가 쏟아져도 잘못 놓인 그릇에는 물이 담길 수 없고, 가랑비가 내려도 제대로 놓인 주발에는 물이 고인다'는 말로 '계戒는 법法을 담는 그릇'임을 마지막으로 강조하면서 행자실을 나섰다.

처소로 천천히 걸어오며 밤하늘을 쳐다보았다. 별이 총총하다. 오늘은 왠지 나의 행자 시절에 초발심을 견고하게 해준, 율원에 살았던 그 스님이 생각난다. 늘 얼굴에 미소를 머금은 채 우리 행자들을 대견한 눈빛으로 바라보면서 가만가만 가르쳐주시던 그분이 지리산에서 삼 년 결사를 하고 있다는 것을 풍문에 전해 들었다. 해제하면 인사를 가야지. 좋은 차 한 봉지를 걸망 속에 챙겨서.

삼보일배

모든 것을 내려놓는 가장 감동적인 수행

중국 오대산·낙가산·구화산·아미산의 4대 성지를 참배할 때 어디건 삼보일배 내지는 일보일배로 오체투지하는 출재가자와 마주치는 것은 별스러운 일이 아니다. 물론 불교 전래 이래로 그래 왔다. 현재 불교 국가권에서 최고의 신심을 자랑하는 티베트인들은 일생에 한 번 이상 카일라스 성산을 찾아 순례를 떠나는 것이 생활화되어 있고, 곳곳에서 성지 참배자들의 오체투지 광경을 쉬이 볼 수 있다.

요즈음 오체투지 삼보일배는 지역과 목적 그리고 신분을 가리지 않을 만큼 유행이다. 그 자체가 언론의 주목을 받는, 그야말로 '그림이 되는' 행위예술이기 때문이다. 백악관 미의회의사당 앞에서 가끔 이뤄지는 삼보일배는 미국 워싱턴까지 수출되어 외신을 타고 전 세계에 알려졌다. 삼보일배는 이제 의사 표현의 새로운 수단으로 대중화되었다. 삼보일배 대중화의 최고 공로자는 '새만금 삼보일배'라고 하겠다.

수경 스님, 문규현 신부, 김경일 교무, 이희운 목사 등으로 구성된 '환상적 결사結社'가 2003년 3월 28일부터 65일간 새만금에서 서울까지 800리(320km) 길을 주파한 경이적인 기록은 당분간 갱신이 불가능할 것 같다. 그만큼 고행 중의 고행이었다.

1960년대 정화 이후 절집에서 삼보일배가 대중적으로 부활한 것은 1992년 봄 통도사에서 실시된 행자교육원 교과 과정에서 비롯되었다. 계단위원인 철우 스님 이하 습의사들과 행자들이 금강계단에서 산문에 이르는 길을 '석가모니불' 정근과 함께 삼보일배를 무사히 마쳤다. 이수자들 사이에 가장 감동적인 수행 과정이라는 공감대까지 형성된 성공작이었다. 이후 많은 사찰의 수련법회에서 재가자들에게 이 프로그램이 급속도로 확대되기 시작했다.

하지만 새만금 4인방인 이희운 목사는 삼보일배 이후 보수 기독교계로부터 받은 '왕따'를 견디지 못하고 결국 한국을 떠났다. 사실 그때 그는 나무십자가를 안고 삼보일도三步一禱, 삼보 후 한 번 기도를 하면서 나름대로 자기 종교의 정체성을 지키려 애썼으나 결국 '수구파'까지 이해시킬 순 없었다. 이희운 목사는 현재 불가촉천민 선교를 위하여 20년 계획으로 인도에 머물고 있다고 한다. 거긴 절을 평생 해도 아무도 시비할 사람이 없는 곳이다. 삼보일배 공덕이 여러 형태로 나타난다고 아무리 위로를 해도 뭔가 씁쓸함을 감출 길 없다.

그런데 그때 불교적인 삼보일배를 가장 잘한 이는 스님이 아니라 신부였다. 이유는 별거 아니다. 체력 차이였다. 또 23년간 매일 천배를 하면서 뇌성마비 장애를 극복한 동양화가 한경혜 씨의 이야기가 세간에 알려지면서 그 체험기는 베스트셀러가 되었다. 그녀에게 절 수행법을 가르친 성철 선사의 참회론은 공덕을 바라거나 옳고 그름에 대하여 시비를 하지 말라고 후학들에게 주문했다.

"일체중생의 잘못은 모두 나의 잘못이니 일체중생을 위해 매일 백팔참회를 해야 합니다. 그리고 공부에 장애가 일어나면 모든 것이 자기의 업과業果이니 삼천배 정진을 일주일 이상 해야 합니다. 그리고 자기 잘못만 항상 반성하고 고칠 일이지 다른 사람의 옳고 그름은 절대로 시비하지 말아야 합니다."

새벽형 인간

새벽은 또 다른 삶의 세계를 열어준다

행사를 마치고 만찬 및 뒤풀이 후 마무리까지 짓고 나니 거의 자정이 가까워졌다. 사찰로 돌아가는 길에 바라보는 도시의 야경이 유난함으로 닿아온다. 해만 지면 고요함, 그리고 삼경인 아홉 시만 되면 적막함뿐인 산중과는 사뭇 다른, 살아 있다는 것에서 오는 또 다른 정겨움이 묻어난다. 이제 사람들은 어둠까지 낮으로 만들어서 사용해야 할 만큼 분주해졌다. 아니, 밤낮이 없어져 버렸다고 하는 편이 옳을 것이다. 그러다 보니 낮밤이 거꾸로 된 삶을 사는 사람들도 많아졌다. 도심에 사는 나 역시 세간의 삶과 흐름을 함께하다 보니 이 늦은 시간에 돌아와 산문을 두드리게 된다.

당일로 장거리 볼일이라도 다녀올라치면 더러 새벽 세 시에 방에 도착하는 날도 있다. 이때는 '늦게 들어온' 것이 된다. 먼 나들이를 위해 새벽 3시에 일주문을 나서면 '일찍 나온' 것이다. 같은 세 시인데도 낮에 기준을 두느냐, 밤에 기준을 두느냐에 따라 전혀 다른 표현을 하게 된다. 새벽을 전날 밤의 연장으로 보느냐,

오늘 낮의 시작으로 보느냐에 따라 그 아침은 다르게 표현될 수밖에 없다.

이즈음은 밤을 새벽까지 확장·연장시키는 사람들이 워낙 많아졌다. 이런 사람을 '열심히 사는 사람'으로 찬탄하기도 한다. 하지만 자세히 들여다보면 그게 아니다. 생체리듬에 역행하기 때문에 장기적 관점에서 본다면 결국 능률 저하 및 건강의 적신호로 이어지기 마련이다. 그러한 '개발시대'의 삶의 패턴을 이제 다시 돌아보아야 할 시점이 되었다. 밤에 반드시 집중적으로 해야 할 일이 생겼다면 역으로 일찍 자고서 이튿날 새벽에 맑은 정신으로 해보자는 또 다른 흐름이 생겨났다. 이른바 우리의 본래 라이프스타일인 '아침형 인간'이 다시 주목받기 시작한 것이다.

이른 새벽에 논밭으로 김을 매러 나가던 시절에는 아침밥을 많이 먹었다. 저녁에는 일찍 자기 때문에 가볍게 때웠다. 《능엄경》에 이런 말이 나온다.

"새벽에는 신선들이, 오전에는 사람들이, 오후에는 짐승들이, 밤에는 귀신들이 먹는 시간이다."

예전에는 신선처럼 아침밥을 그릇 가득 넘치도록 높게 담았다. 그런데 이즈음은 짐승처럼 해가 진 이후에 고칼로리의 먹을거리를 많이 접하게 된다. 결국 저녁과 밤에 활동량이 많아지니 비만과 고혈압 등 성인병이 우리의 삶을 왜곡시키고 있는 것이다. '일찍 일어나는 새가 벌레를 많이 잡는다'는 서양의 격언이 있다.

아침에 일찍 일어나는 생활을 하려면 저녁에 일찍 자야만 한다. 그러려면 자연스럽게 저녁에 불필요한 일정을 만들지 않게 된다. 따라서 저절로 절제하는 삶을 살게 된다. 자연 주기의 시간 흐름에 역행하는 삶은 쉬이 지치고 피곤해질 수밖에 없다. 더 부지런한 사람은 '아침형 인간'에 만족할 것이 아니라 그보다 한 단계 더 높은 '새벽형 인간'으로 업그레이드 해야 할 것이다.

사찰 수련법회에 참석한 사람들의 설문지를 받아보면 가장 힘든 것이 '새벽에 일어나는 것'이라고 이구동성으로 말한다. 그것의 연장선에서 잠도 오지 않는데 저녁 아홉 시만 되면 이부자리를 펴야 하는 일도 고역이라고 한다. 반대로 가장 감명 깊은 것은 새벽 여명 속에서 좌선을 하면서 새소리와 함께 동터오는 아침을 맞이하는 그 순간이라고 한다.

생활습관을 갑자기 바꾼다는 게 쉬운 일은 아니다. 그러나 명징하고 또렷한 의식으로 깨어 있는 새벽은 우리에게 또 다른 삶의 세계를 열어줄 것이다.

광고지 한 장
받아주는 일

주는 것만이 아니라 잘 받아주는 것도 큰 보시

한 달 계획으로 낙동강 1,200리 도보순례팀이 '지리산은 푸르게 낙동강은 맑게'라는 표어를 내걸고 길을 떠났다. 나는 전체 일정을 함께 소화할 형편이 못 되어 하루 정도 다른 대중들과 안동댐에서 합류하게 되었다. 신발 끈을 단단히 동여매고 밀짚모자를 눌러쓰고는 바랑 속에 '지리산과 낙동강을 살립시다'라는 홍보지를 가득 넣고서 낙동강을 따라 시가지를 향해 걸었다.

철길 옆으로 한국의 전탑을 대표하는 국보인 신세동 7층 전탑이 먼지를 둘러쓴 채 초라하게 서 있고, 그 너머로는 안동의 대표적 종갓집이 퇴락한 모습으로 우두커니 앉아 있다. 육중한 댐 아래에는 어떻게 겨우 빠져나온 강물이 앓는 사람처럼 수척한 물빛으로 새벽안개를 피워 올리고 있다.

이렇게 우리는 모든 걸 잃어가고 있다.

기차역, 버스 정류장 그리고 길거리에서 전단지를 나누어주었다. 무심한 표정으로 마지못해 받아가는 사람, 고개를 돌려 손

사래를 치면서 아예 받지 않으려는 사람, '스님들도 이제는 길에 나와 선교 전단지를 돌리는가?'하는 표정으로 쳐다보는 사람, 수고한다고 인사하면서 아주 반갑게 받아주는 사람 등 정말 천태만상이었다.

건네주는 우리 태도도 여러 가지였다. 신문 넣듯이 남의 가게에 툭 던지고 가는 경우, 지나가는 사람에게 그냥 불쑥 광고지처럼 내미는 경우, 미소 지으며 '포교 전단지'를 나눠주듯이 건네는 경우, 정중하게 인사하고 무슨 계약서 전달하듯 하는 경우, 매우 의미 있는 일을 하고 있노라고 내용을 간단히 설명하고서 주는 경우 등등.

만행을 다니다 보면 길거리에서 전단지를 받는 경우가 종종 있다. 앞으로는 그런 걸 받을 때 "수고하십니다" 하면서 기쁜 표정으로 받아야겠다. 그게 설사 타 종교의 선교 홍보지라고 할지라도 말이다.

주는 것만 보시인 줄 알았더니 잘 받아주는 것도 큰 보시임을 이번에 알았다.

그릇에 따라
고이는 비의 양이 다르니

하늘보다 사람의 힘이 먼저다

《삼국유사》 첫머리를 보면, 환웅이 인간세계로 하강할 때 풍백風伯, 운사雲師와 함께 우사雨師를 거느리고 왔다고 한다. 비를 다스리는 일이 얼마나 중요한가를 보여주는 기록이라 하겠다. 그때 따라온 우사가 게으름을 피울 때마다 홍수 피해가 있었던 모양이다.

신라 진평왕 11년(589)에 "나라 서쪽에 큰물이 나서 떠내려가고 파묻힌 인가가 3만 369호이며 죽은 사람이 200여 명이었다"는 기록을 비롯하여 "고려 1375년 삼각산 국망봉이 큰비로 무너졌다" 등등 《삼국유사》에는 많은 풍수해 사실이 열거되어 있다.

21세기에도 우사가 직무를 태만히 하는지 큰 강의 물이 넘쳐 주변을 물바다로 만들어놓는 일이 비일비재하다. 기상학자들은 대기 오염으로 인해 갈색 구름층이 형성된 결과라는 진단을 내놓는다. 자연순환론자들은 휴가랍시고 온 산천을 쓰레기로 더럽혀놓으니 자연이 자기 몸을 씻어내기 위해 목욕을 하는 것이라고 말하기도 한다. 모든 댐이 쓰레기로 뒤덮이고 그 쓰레기 물이 수돗물이 되어 내 입으로 돌아오니 인과응보라는 말이 정말로 실감난다. 천재지변과 함께 꼭 뒤따라 나오는 것이 인재론人災論이다. 제방 둑을 쌓은 지 일 년도 채 지나지 않았는데 무너져 내려 피해가 컸다는 식의 이야기가 빠지지 않는다. 비야 똑같이 내리지만 땅 위에서는 그것에 대한 준비가 얼마나 철저한가에 따라 피해가 늘어나기도 하고 줄어들기도 한다.

결국 피해의 많고 적음은 땅 위 사람의 몫인 셈이다. 같은 양의 비라고 할지라도 놓인 그릇의 크기에 따라 담기는 양이 다를 수밖에 없다. 수해 방지를 위한 노력과 시설 투자가 얼마나 따라주느냐에 따라 인재가 늘어나거나 줄어들 수 있다는 사실을, 땅 위에서 우사의 역할을 해야 하는 정치행정 책임자들은 필히 명심해야 할 것이다.

지붕을 잘 덮지 않아 비가 새면 대들보와 기둥이 썩는 것처럼, 마음의 이엉을 잘 덮지 않으면 결국 그들의 마음 역시 새는 빗물에 썩기 마련이다. 하늘에 사는 우사야 어떻게 해볼 도리 없지만, 땅 위에 사는 우사가 그 역할을 제대로 하지 못한다면 이런 광고 패러디를 들어도 싸다.

"무책임한 당신, 떠나라!"

머묾과 떠남

진정한 떠남이란 끊임없는 자기 변신이다

몇 개의 작은 오름으로 둘러싸인 도반의 토굴은 키 큰 풀들이 마당에 가득하다. 벌써 누른빛을 머금고 부드러운 가을바람에 흔들리고 있다. 노을을 누운 채 바라볼 수 있는 그 창 넓은 방은 나의 '떠남'을 실감케 한다.

머무름에 익숙한 사람들에게 '잦은 떠남'이란 병이었다. 그래서 역마살이라고 불렀다. '○○살'이라고 하는 것은 '하지 말아야 할 것' 또는 '피해야 할 것'이라는 의미가 더 강하다. 정주定住하는 농경민의 사고방식으로는 이해할 수 없는 '집을 나가는 일'이기 때문이다.

오래 전에 이어령 교수가 한국인이 불고기와 갈비를 좋아하는 이유를 본래 '유목민족 출신'이기 때문이라고 진단했다. 이즈음 우리나라 사람이 골프를 좋아하고 또 잘하고 있는 것도 그 옛날 초원을 누비던 유전인자의 환원으로 설명한 부분 역시 일견 타당성을 가진다. 더불어 해외여행객의 숫자가 매년 기록을 갱신하고 있는 것도 이와 무관하지 않을 것이다.

이제 시간과 여유만 있으면 모두 떠나고 싶어 한다. 농경민족인 줄 알았고 또 그렇게 믿어왔는데 유목민의 후예라고 한다. '열심히 일한 당신, 떠나라!'는 광고 카피에서 앞의 구절은 농경민의 머무름을, 뒤의 구절은 유목민의 떠남을 말한다. 참으로 절묘한 언어 조합으로 두 유전인자를 모두 만족시키는지라 누구나 고개를 끄덕이는 이 시대의 명언이 되어버렸다.

유목민족의 '역마살'은 여전히 농경민족의 고정성과 함께하고 있다. 여행가방 안의 고추장 정도는 봐줄 만하다. 하지만 햇반과 컵라면 전용 가방이 있을 정도면 이건 여행의 반을 포기한 것이다. 심지어 전기밥솥과 쌀, 누룽지 그리고 밑반찬까지 준비한다면 이건 떠남의 전부를 포기한 것이다. 왜냐하면 이름만 떠남이지 자기 자리에 안주하는 농경 생활의 연장이기 때문이다.

우리나라 여행객들은 바이칼 호 인근 주민들의 고개를 갸웃거리게 만드는 일이 잦다. 세계적인 보드카를 옆에 두고서 '종이팩 소주'를 마시고 청정 일급수인 바이칼호의 물을 놔두고 '한국형 생수'를 들고 다니기 때문이다.

떠남이란 지역 이동·계층 이동이 동시에 이루어져야 한다. 바라문(최고계급)에서 수드라(최하계층)로 왔다 갔다 하는 것은 당연하다. 진정한 떠남이란 끊임없는 자기 변신이다. 급격한 도시화·산

업화·세계화 속에서 다시금 유목민의 근성이 나오면서 이즈음은 '도시유목민'이란 표현이 심심찮게 등장한다. 수시 이동과 수시 변신만이 경쟁력인 시대가 되었다. 그야말로 제행무상 제법무아인 연기緣起의 시대가 도래한 것이다.

칭기즈칸의 참모로서, 몽골제국의 명장으로 잘 알려진 돈유쿠크 장군은 유목민의 후예들에게 오늘도 이렇게 외치고 있다.

"성을 쌓고 사는 자는 반드시 망할 것이나, 끊임없이 이동하는 자는 살아남을 것이다."

출가인가 가출인가

영원한 출가는 쉼 없이 자기를 살피고 나날이 발심해야 한다

언젠가 겨울에 갓 출가한 행자들과 함께 지내는 시간을 갖게 되었다. 여름에 〈실상사의 두 행자〉 라는 프로그램이 텔레비전에 방송된 뒤 이 '스타 행자'들은 결국 둘 다 가버렸다. 그래도 관람객들 중 심심찮게 이들의 근황을 묻고 또 관광하기를 원하는 이가 더러 있었다. 남아 있는 행자 몇 명에게 파적破寂삼아 한마디 던졌다.

"출가와 가출의 차이가 무엇일까?"

행자들의 반응은 뒤죽박죽 그야말로 중구난방이었다.

"출가는 어떤 목적을 이루기 위하여 집을 나오는 것이고, 가출은 집을 나오는 것 자체가 목적입니다."

"출가는 허락을 받고 나온 것이고, 가출은 허락 없이 나온 것입니다."

"그럼 부처님은 허락받고 나오셨나요? 정주영은 현대가를 이루었지만 자서전에는 어릴 때 소 한 마리 몰고 가출했다고 나와 있는데요."

"시집가는 것은 왜 출가라고 합니까."

이번에는 스님들이 모인 지대방에서 누군가가 '출가와 가출'을 화두로 던졌다. 순간 느슨하던 방 분위기에 갑자기 팽팽한 긴장감이 돌았다.

"응! 그거 간단해. 가출한 사람은 입산할 때 국립공원 입장료를 내야 하고 출가한 사람은 그냥 들어와도 돼."

그만 폭소가 터지고 왁자지껄 야단이 났다. 예전에 해인사로 출가했을 때의 일이 생각났다. 매표소 거사님이 버스에 올라 차 안을 한번 훑어보고는 첫 자리부터 입장료를 순서대로 거두기 시작했다. 그런데 내 앞에 와서는 힐끗 보더니 그냥 다음 자리로 건너갔다. 하긴 '한 식구 되려고 온 사람' 정도는 알아볼 수 있어야 수문장으로서 자격이 있는 게지. 그 비장하고 심각한 순간에 입장료 몇 푼 때문에 "출가하려고 왔는데요"라고 했다면 어땠을까, 하고 생각해보니 그만 피식 웃음이 나왔다.

출가나 가출이나 집을 나오는 것은 똑같다. 하지만 부처님께서 집을 나온 음력 2월 8일을 '가출일'이라 하지 않고 '출가일'이라고 하여 그 의미를 부여하고 있다. 냉정하게 따져보면 절집에서 '출가냐 가출이냐'를 따지는 것은 무의미하다. 왜냐하면 절집 안에서 어떻게 사느냐가 더 관건이기 때문이다. 설사 시작이 가출일지라도 다시 발심한다면 바로 그 자리에서 출가로 바뀌는 것이다. 일주문 밖에서 발심을 하든지 일주문 안에서 발심을 하든지 간에 시간상으로 전후가 있을 뿐이지 그 가치 면에서는 아무런 차이가 없다. 결국 '다시 발심했는가'의 여부에 따라서 가출과 출가가 결정되는 것이다. 일주문 밖에서 발심하여 출가를 했더라도 일주문 안에서 '재발심'하지 못한다면 그것은 불가에서 다시 가출하는 것이 된다. 발심이란 순간적인 '말뚝 신심'이 아니라 꾸준한 상태인 '현재진행형'을 뜻하기 때문이다. 따라서 일주문 안에서 하루에도 수십 번 가출했다가 출가했다가 하면서 늘 자기와의 줄다리기를 하고 있는 셈이다.

부처님의 가출이 출가가 된 것은 출삼계가出三界家, 출윤회가出輪廻家했기 때문이다. 궁극적으로 출가는 삼계가에서 벗어나는 것이요, 윤회가에서 완전히 벗어나는 것을 의미한다. 그래서 부처님의 가출이 출가로 불리는 것이다. 영원히.

우리의 출가가 참으로 영원한 출가가 되려면 끊임없이 자기를 돌아보고 점검해서 나날이 발심해야 할 것이다. 우바리 존자가 당부한 "해야 할 것과 하지 말아야 할 것을 똑똑히 구별하면서 가야만 할 길을 가는" 그런 일상이 될 때, 먼 훗날 우리에게도 출삼계가 출윤회가라는 이름이 붙여질 것이다.

우잉

어둡구나!
어둡구나!

등불을 들고
종로 거리를 차지하다

스스로 등불이 되니 모든 이의 어둔 마음이 밝아지다

작년에 이어 올해에도 연등 행렬의 일원으로 동대문운동장에서 종로를 거쳐 우정국로를 함께 걸었다. 그런데 차를 타거나 혹은 인도를 걸으면서 지나쳤던 그 거리가 아닌, 또 다른 생경함으로 다가온다. 인도에서는 부분적으로 보이던 종로 거리가 8차선 아스팔트 중앙선 위에 서 있으니 한눈에 들어왔다.

내가 어느 위치에서 보느냐에 따라 모든 것이 다르게 보인다는 것은 누구나 알고 있는 평범한 사실이다. 늘 현실에 매몰되어 눈앞에 떨어진 일의 처리에 급급하다 보면 어느새 나도 모르게 전체를 망각하기 마련이다.

종로 거리를 가로막고 차지한다는 것은 과거 권위주의 정권 시절 국가원수 나들이, 군사 퍼레이드를 벌이거나 혹은 그 반대로 스크럼을 짠 대학생들이나 할 수 있는 일종의 '권력 행위'였다. 요즘 같은 다양화 시대에는 문화권력, 환경권력, 노조권력이란 말까지도 심심찮게 등장하는 실정이니 혹여 이게 '종교권력'으로 남들에게 비쳐질까 적이 조심스럽다. 그렇기에 오랜 시간 길을 차단함으로 인하여 생기는 불편함을 상쇄하고도 남을 문화적 부가가치를 창출하여 시민들에게 돌려주어야 한다는 책임감이 또 다른 부담으로 어깨를 짓누른다.

다행히도 연등축제는 600년 역사의 고도 서울이 볼거리가 다양한 전통문화도시로서의 위상을 유감없이 발휘토록 하는 데 일조해왔다. 해마다 해외 방문객의 참관이 늘어가더니, 이제 국내 모든 축제를 통틀어 외국인이 가장 많이 참여하는 행사로 자리 잡았다. 이는 테마 자체가 국제적 경쟁력을 갖추고 있음을 증명해 보이는 것이라 하겠다.

연등축제는 박제된 행사가 아니다. 신라·고려시대의 연등회가 조선을 거쳐 생활 속에 살아 있는 세시풍속으로서 오늘까지 면면히 이어져온 것이기 때문이다. 특히 개인용 팔각등은 동양에서도 우리나라에만 있는 고유의 디자인임을 이번에 다시 알게 되었다. 절집은 각 산중마다 독특한 문화를 갖고 있다. 이를 가풍家風이라고 부른다. 중국 선종은 오가칠종五家七宗이라고 하여 각기 독특한 수행문화를 꽃피웠다. 우리나라의 각 사찰 역시 나름대로 독자적인 전통을 지켜왔고 또 가꾸어나가고 있다. 그런 저변 문화들은 자연스레 연등 속에 반영되기 마련이다. 뭔가 젊고

참신한 면을 강조하는 연등이 있는가 하면, 서구적인 듯하면서도 동양의 미를 한껏 드러내는 퓨전등도 있다. 붉은색 톤의 오방빛깔을 통하여 전통 담지자로서의 위상을 한껏 강조한 등불도 보인다. 연등은 일률적으로 정형화된 틀이 아니라 각 절 나름의 사세寺勢와 문화적 안목의 결합체인 것이다.

고대 그리스의 철학자 디오게네스는 한낮에도 "어둡구나! 어둡구나!"하면서 등불을 들고 다녔다. 이는 모든 사람들이 참으로 밝혀야 하는 자기 내면세계의 반조返照에 게을리 한 채 외형적인 것만 추구하고 바깥으로만 치닫는 풍토를 경계하는, 대중을 향한 선지자의 연민이기도 하다.

등불은 자기를 태워서 주변을 밝힌다. 이는 희생과 봉사의 뜻이다. 등불은 어둠을 밝음으로 바꾸어준다. 이는 지혜의 빛으로 온 세상을 밝혀가라는 뜻이다.

참 등불은 믿음으로 심지를 삼고 자비로 기름을 삼으며 생각으로 용기容器를 삼는다. 그 빛으로 부에 대한 지나친 욕심과 명예에 집착하는 어리석음과 이웃에 대한 무관심을 되돌아보라는 메시지를 해마다 이맘때면 우리에게 전해준다.

올해도 내 몫의 연등을 켜면서 이렇게 발원해본다.

이 정성 다하여 연등을 올리오니

온 누리를 두루 밝게 비추게 하소서.

나 이제 스스로 등불이 되게 하여

모든 이의 어둔 맘이 밝아지게 하소서.

바람이 흔들리는가
깃발이 흔들리는가
다만 마음이 흔들릴 뿐이다

눈앞에 나타난 어떤 현상의 비침에 대한 반응은 개개인의 체험 세계와 인식구조에 의하여 결정되기 마련이다. 모자장수는 그 사람이 쓰고 있는 모자의 종류와 가격에 따라 그 사람을 평가할 것이며, 장서가는 그 도서관의 장서의 양과 질 그리고 분류 상태를 보고 판단할 것이다.

한 개인의 내면세계 역시 그가 살아온 환경과 추구하는 가치관 등이 어우러져서 모든 걸 나름대로 결정짓기 마련이다. 배가 고팠을 때 맨밥 한 그릇에 대한 생각과 배부를 때 찰밥 한 그릇이 전혀 다른 느낌으로 다가올 수밖에 없다.

부정적으로 살거나 긍정적으로 살거나, 그건 개개인의 고유 권한이다. 사실 한 개인 속에는 부정적 가치관과 긍정적 가치관이 공존한다. 다만 자기 취향에 따라 부정적으로 보기도 하고 긍정적으로 보기도 할 뿐이다. 문제는 부정적 시각보다 긍정적 시각이 엄청난 인내와 노력을 요구한다는 사실이다. 흔히 비판이라는 이름을 빌려 부정적 사고를 스스로 좋게 합리화하는 경우가 적지 않다.

긍정적인 사고를 하기 위해서도 무지무지한 개인적 수행을 필요로 한다는 사실을 알아야 한다. 부정적 사고보다 긍정적 사고가 훨씬 더 차원이 높을 수도 있다. 긍정적인 것과 무의식은 다르다. 긍정적 사고를 무의식으로 간주하는 것도 따지고 보면 부정적 사고의 한 편린일 따름이다.

중국의 선불교를 자리매김하는 데 지대한 업적을 남긴 육조 혜능 선사가 법성사라는 절에 들르게 되었다. 물론 계를 받기 전이라 몰골이 말이 아니다. 그때 마침 두 젊은 스님이 논쟁을 벌이고 있었다. 바람에 흔들리는 깃발을 보고 한 스님은 "깃발이 흔들린다"고 주장했고, 다른 스님은 "바람이 흔들린다"고 목소리를 돋우었다. 그들은 옥신각신하면서 서로 자기가 옳다고 우겨댔다. 그들은 서로 자기주장에 동조해달라며 더벅머리 혜능에게 전후 사정을 이야기해주었다. 이에 대하여 그는 이렇게 판결했다.

"바람이 흔들리는 것도 아니고 깃발이 흔들리는 것도 아닙니다. 다만 두 스님의 마음이 흔들릴 뿐입니다."

두 스님은 한동안 서로의 얼굴을 물끄러미 바라보다가 명판

결임을 인정하고 논쟁을 중지한다.

바람을 바람이라 느끼고 판단하는 것은 내 마음이다. 깃발을 깃발이라 판단하는 것도 내 마음이다. 바람과 깃발이라는 인식 대상이 눈 혹은 감촉이라는 인식기관을 통하여 비춰진 상태에서 흔들림이라는 생각이 만들어진다. 즉 내 마음에 의하여 깃발이니 바람이니 흔들림이니 하는 인식들이 만들어진 것이다. 여기에서 깃발이 흔들리니 바람이 흔들리니 하는 것은 개개인의 주관적 판단의 한 형태일 뿐이다.

정신도 가꾸고 길들이기 나름이다. 부정적으로 길들이고 가꾸면 부정적으로 길들여질 수밖에 없고 긍정적으로 길들이고 가꾸어나가면 긍정적으로 길러질 수밖에 없다. 낙관적인 가치관은 낙천적인 삶을 낳기 마련이다. 부정적 가치관은 비관적 삶을 만들기 마련이다. 부정적인 삶보다는 긍정적인 삶이 더 불교적이다. 부정적 사고는 정신을 황폐화시켜 아름다운 꽃을 자라지 못하게 한다. 늘 사물을 긍정적인 눈으로 볼 수 있도록 스스로 마음을 훈련시키자.

가야 할 길만 가라

인생에는 할 수 있어도 하지 말아야 할 일이 있다

진묵1562~1633 선사는 서산, 사명 대사를 '권승權僧' 내지 '명리승名利僧'이라며 거침없이 질타했다. 임진왜란이라는 시대적 불가피성을 십분 인정하더라도 수행승으로서 정도正道를 이탈한 부분만큼은 그냥 지나칠 수 없었기 때문이다.

도올 김용옥 씨는 기독교 성직자들의 우려할 만한 정치 개입 행위에 대하여 "기독교인은 정치에서 손을 떼라"고 일갈했다. '신권神權 정치를 한 나라치고 망하지 않은 경우가 없었다'는 역사적 사실 때문이라고 그는 설명했다.

아닌 게 아니라 요즘 성직자들은 집단적 의사 표시는 말할 것도 없고, 관료 내지 정치인의 자리까지 마다하지 않는다. 게다가 한 술 더 떠 '더 높은 자리 로비'까지 하고 있는 건 아닌지 모르겠다. 종교인의 청렴성을 내세워 정치계에 발을 들여놓는 경우 초심 때와 달리 그 끝이 좋은 꼴을 본 적이 별로 없기 때문에 같은 종교인으로 걱정이 앞선다.

서산, 사명대사 이전에 고려시대의 묘청, 신돈 스님 등도 '정치승'으로 분류할 수 있다. 묘청은 단재 신채호로부터 '자주 진보'의 상징으로 평가받았고, 사대주의자 김부식과 경쟁관계에 있던 정지상은 그를 '성인'이라고 불렀다. 공민왕을 도와 전민변정도감을 설치하는 등 당시 개혁을 이끌었던 신돈 역시 말년은 깔끔하지 못했다고 전해진다. 그와 더불어 고려 왕조도 쇠망의 내리막길로 들어섰다.

두 스님에 대한 역사적 평가가 후하지 않은 이유는 간단하다. 종교인 특유의 '이상론'에 근거한 비현실적인 정치 행위가 결국 실패로 끝남에 따라 그 부담이 고스란히 나라와 백성에게 돌아간 까닭이다. 물론 그들은 모든 이해관계에서 자유로운 신분 때문에 이를 이용하기 위한 정치적 감언이설의 희생양이 되기도 했지만, 추대에 동의한 그 개인의 정치적 허물도 적지 않다고 할 것이다. 권력자란 필요할 땐 꽃가마를 보내지만 용도가 폐기되면 사약을 내린다는 양면성을 미리 읽어내는 지혜를 갖추었어야 했다.

조선 건국의 주역 이성계의 정신적 스승인 무학 대사는 '영원한 조언자'로 남은 덕분에 역사가들로부터 호평은 아니더라도 혹평은 피할 수 있었다. 정치인이 어리석다고 해서 조언자가 직접 정치를 하겠다고 나선다면 그건 더 어리석은 일이다. 물론 하기 싫어도 해야 할 일이 있다. 하지만 할 수 있어도 하지 말아야 할 일도 있다. 종교인의 정치 행위는 후자에 속한다.

현재 정치권 언저리에서 '오버'하면서 '망국의 예비 행위'인 신권 정치를 외치는 종교인은 하루빨리 제자리로 돌아가 본업에 충실해야 할 것이다. '종교와 정치를 분리시킬 수 없다'거나 '정당도 목회 현장'이라는 위헌적 사견邪見 내지 사설을 늘어놓는 것은 정치적으로는 아마추어요, 종교적으로는 천마외도天魔外道와 다름없다. 정치 현장에 펄럭이는 회색 장삼자락 또한 어울리지 않긴 마찬가지다.

사명 대사의 열반지인 해인사 홍제암의 주련(柱聯, 기둥이나 벽 따위에 장식으로 써서 붙이는 글귀)은 '정치승'의 또 다른 참회록이라 할 수 있다. 사명 대사는 "잠깐 동안 정치를 한 것은 임금님의 명령을 어길 수 없기 때문이며, 벼슬을 팽개치고 한밤중에 산으로 도망쳐온 것은 스승님의 가르침을 저버리지 않기 위함이었다"고 고백했다. 그것은 후세 종교인들은 스승인 부처님, 하느님을 잘 모시고 가야 할 길만 가라는 충고이기도 하다.

삼 때문에
금을 포기하는 어리석음

집착은 모든 사물을 자기 관점에서 바라보게 한다

깊은 산골 마을에서 삼(麻) 농사를 짓는 두 농부가 있었다. 열심히 가꾸고 키운 삼나무의 껍질을 손질하여 모아두었다가 장날에 내다 팔아 생활을 꾸려갔다. 그날도 여느 장날과 다름없이 삼 몇 꾸러미를 지게에다 올렸다. 쏟아지는 땀을 수건으로 훔치면서 산을 몇 굽이나 돌아 읍내로 가던 중 길 언저리에 금 몇 덩어리가 떨어져 있는 것을 발견했다. 한 농부는 그 자리에서 바로 지게 위의 삼을 내려놓고는 금덩어리를 얹었다. 그런데 다른 한 농부는 머뭇머뭇하면서 계속 망설였다. 여기까지 애써 지고 온 수고가 아까워 삼을 버릴 수 없다는 것이었다. 그래서 그는 결국 지고 온 삼을 가지고 장으로 갔다.

삼은 돈을 사기 위한 방편이지 삼 자체가 목적이 될 수는 없다. 이렇게 앞뒤가 바뀌어버린 어리석음을 불교에서는 담마기금擔麻棄金, 즉 '삼 때문에 금을 포기한다'고 말한다. 기존에 내가 해오던 일이나 추구해온 가치관이 문제가 있거나 잘못되었다는 사실을 발견하고도 어리석음, 자존심, 기득권 혹은 명예심 때문에 끝까지 고집하고 우기는 경우를 비유한 말이다.

수행자가 이제까지 자기가 해오던 수행방법을 바꾼다는 것은 대단한 용기를 필요로 한다. 학자가 자기 학설을 번복하거나 거두어들이는 것 역시 그러하다. 사리불과 목건련은 산자야 비라지자 교단의 2인자 자리를 과감하게 포기하고 백의종군하여 신생 교단인 부처님을 따라 나섰다. 김원룡 교수가 무령왕릉의 발굴 작업이 시간과 명예심에 쫓긴 졸속 작업이었노라고 스스로 고백한 것도 학계에는 신선한 충격이었다.

집착은 모든 사물을 자기의 관점에서 바라보게 하고 판단하게 한다. 그리하여 실제보다 축소시키거나 과장해서 보거나, 거기에서 한걸음 더 나아가 있지도 않은 것을 만들어내기도 한다. 그러한 가공 정도는 물질적, 심리적 이익과 결부될 때 더 심해진다.

경을 읽을 때 번역자가 실존 인물이 확실한지, 범본梵本이 실제 있었는지, 어느 지방에서 만들어진 것인지, 당시의 시대적 배경은 어떠했는지, 이 구절이 의도하는 저의가 무엇인지 등을 따지는 걸 일로 삼는 경우가 많다. 그러다 보면 경 자체의 내용이나 교훈, 거기서 느낄 수 있는 감동, 또 전달하고자 하는 본래의 의미는 사라지고 만다. 신심은 간 데 없고 그저 의심만 남기 마련이다.

논문의 경우도 마찬가지다. 경 속에서 자기에게 필요한 몇 구절을 인용하여 짜깁기를 마치고서는 이것이 그 경의 근본 주제인 양 자기도 믿어버리게 되고, 또 그렇게 만들어진 논문을 매개체로 하여 공부를 하려는 다른 사람의 눈까지 가려버린다. 따지고 보면 결국 경전 언저리 혹은 부분 속에서 떠돌다가 본문의 전체 내용은 제대로 살피지도 못하는 경우가 대부분인데도 말이다.

이는 경 한 줄, 한 구절을 음미하면서 가만가만 끝까지 읽는 것만 못하다. 그래서 청매 조사는 "마음에 비추어 보지 않으면 경을 읽어도 아무 이익이 없다"고 했고, 일연 스님은 "경을 번역한 사람이나 그 시일과 장소가 없다고 해서 이 경이 의심스럽다고 한다면 이 또한 삼을 취하기 위하여 금을 버리는 격이라"(《삼국유사》)고 한 것이다.

새해 수첩

삶의 마지막 날, 염라대왕을 맞이하여 어떻게 할 것인가

올해도 어김없이 신년수첩 한 박스가 소포로 왔다. 한 해의 바뀜은 달력과 함께 신년수첩이 알려준다. 한 권을 빼고는 모두 종무소로 보냈다. 꼭 필요로 하는 사람들에게 나누어주라는 부탁과 아울러. 그래야 보낸 사람도 받는 사람도 제대로 보시 공덕을 지을 수 있기 때문이다. 아무리 의미 있는 물건이라 할지라도 별 필요 없는 사람에게 인사치레로 줘봐야 상대방에게는 짐이 될 뿐이다. 금가루가 아무리 좋은 것이라 할지라도 눈에 들어가면 병을 일으키듯이.

새천년이라고 하여 뭔가 특별한 해라도 되는 줄 알았지만 여느 해와 별 다를 바 없는 숫자놀음이었다는 단순한 사실을 깨닫는 데 일 년이 걸렸다. 진짜 새천년은 2001년부터라는 농담도 진부하기는 마찬가지다. 그럼에도 불구하고 작년 이맘때와 똑같은 말장난을 하는 것은 그래도 뭔가 새로운 것에서 희망의 의미를 발견하려는 실마리를 마음에 마련해두자는 몸부림으로 여겨진다. '절집에서 불기佛紀는 그만두고 웬 타 종교의 시간 기준을 가

지고 함께 호들갑을 떠느냐'는 핀잔도 시간이라는 이름의 상대성을 깨우쳐주는 좋은 법문이다.

섣달그믐은 납월 삼십일로도 불린다. 예전에는 음력이 그 기준이었다. 하지만 날짜에 어떤 의미를 부여하느냐가 문제일 뿐이지 음력·양력 운운하는 것 역시 문제의 본질에서 이미 비껴나간 것이다.

어쨌거나 납월 삼십일은 일 년의 마지막 날이라는 단순한 날짜 표시 이상의 의미를 지니고 있다. 일 년의 마지막 날을 의미하는 섣달그믐이라는 납월 삼십일을 한 인간의 삶의 연장선 속에서 적용할 때 그건 임종의 날을 뜻한다. 즉 목숨이 다하는 그날을 말한다. '납월 삼십일 염라대왕을 맞이하여 어떻게 할 것인가'를 선사들은 후학들에게 서릿발같이 묻곤 했다. 그것은 죽음 앞에서 그동안 닦아온 수행의 살림살이가 드러날 수밖에 없다는 준열한 꾸중이었다.

납월 삼십일은 여기에서 그치지 않는다. 중생적 삶의 끝이라는 의미가 더해진다. 끝은 끝인데 생물적 삶의 끝이 아니라 중생사고衆生思考라는 정신적 틀이 깨지는 날이다. 즉 생사에서 완전히 자유로워지는 깨침의 날이라는 의미로까지 확대된다.

일 년의 마지막인 납월 삼십일을 사람들은 누구나 해마다 맞이한다. 임종의 날인 납월 삼십일 역시 누구나 한 번은 맞이한다. 하지만 깨침의 날인 납월 삼십일은 어떻게 사느냐에 따라서 맞이할 수도 있고 그렇지 못할 수도 있다는 데 그 묘미가 있다. 어쨌거나 윤회의 수레바퀴에서 완전히 벗어나는 그날이 참으로 제대로 된 납월 삼십일이다.

지난해는 이미 가고 새해가 왔는데도 이 새해를 맞지 않을 수 있는 사람이 있을까? 하지만 보신각에서 새해를 알리는 종소리가 울려도 절 마당에 켜져 있는 가로등불은 작년의 것일 수밖에 없다.

세상과 청산은
어느 것이 옳은가

봄볕 있는 데 꽃 피지 않는 곳이 없다

예나 지금이나 '출가'라는 말 자체가 던져주는 강렬한 생명감은 많은 사람들로 하여금 여전히 가슴 뛰게 하는 마력을 지니고 있다. 이 세상을 살아가면서 한번쯤 출가를 꿈꾸어보지 않는 사람이 있을까.

《월간 해인》에 인기 작가 최인호의 글이 세 편이나 실렸다. 그 가운데 두 개가 '출가'에 대한 것이다. 첫 번째 글은 '나는 스님이 되고 싶다', 두 번째 글은 '나는 아직도 스님이 되고 싶다'라는 제목을 달고 있다. 이 글들이 실린 후 가톨릭교도로 알려진 그에게 주변에서 질문이 쏟아졌고 심지어 여성 잡지에서는 이를 흥미롭게 여겨 기사화하려 시도했다고 한다.

그런 그가 요즘에는 일간지에 《유림》이라는 소설을 연재하고 있다. 세 종교를 두루 섭렵하고 있는 셈이다. 사실 생각이 자유로운 자는 행동 역시 걸림이 없기 마련이다. 그는 경허 선사와 만공 선사의 구도기를 그린 소설 《길 없는 길》을 쓰던 중, 어느 날 수덕사에 있는 스님의 승복을 빌려 입고 밀짚모자를 쓰고서 탐욕과 쾌락이 번쩍이는 환락의 거리 압구정동을 걸었다. 유명 소설가인 자기를 그 누구도 알아보지 못했다.

"내가 다르게 느껴졌다. 뭔가 방금 전의 내가 아니었다. 걸음도 반듯해지고 진짜 자유롭다는 생각이 들었다. 알 수 없는 환희심이 흘러 넘쳤다."

그러나 가정을 버리고 아내, 아이들과 헤어질 용기가 없는 까닭에 그 꿈을 접고서 몸은 세간에 둔 채 마음만 출가하기로 방향을 바꾸었다.

그렇다. 출가는 개인에겐 자유를 주지만 남은 가족에게는 빚이 되기 마련이다. 빨리어 경전을 연구하는 마성 스님은 얼마 전 〈어머님을 여읜 슬픔〉이라는 글에서 당신의 이런 심경을 솔직하게 표현했다.

"장례식 후 가족이 모인 자리에서 나는 먼저 누나와 동생에게 장남으로서 평생 어머니를 모시지 못하고, 그 무거운 짐을 동생에게 떠맡긴 것에 대하여 사죄하고 용서를 빌었다. 누나와 동생은 그때까지 장남이 출가하여 할 몫을 다하지 못한 것에 대한 원망의 마음을 갖고 있었던 것이다. 그 순간 우리 삼형제는 목 놓아 울었다. 화해와 용서의 시간이었다."

사실 출가란 어떤 경우이건 주변의 희생과 헌신이 뒤따른다. 가톨릭의 정진석 전 서울교구장도 서임 1년 인터뷰에서 이 부분에 대하여 언급한 바 있다. 당신이 아무리 바빠도 꼭 직접 챙기는 일이 한 가지 있다고 한다. 교구 내 성직자들의 부모 장례미사를 직접 주관하는 일이다. 출가라는 것이 부모님의 헌신과 희생 위에서만 가능함을 알기 때문이다. 큰 교구를 꾸려가는 '살림의 대가'다운 넉넉한 모습이자, 참으로 어른다운 세심한 풍모다. 여법하게 빚을 갚을 수 있는 좋은 방법이라는 생각이 든다.

최인호 씨가 현실적으로 불가능한 '신身출가'에 대한 미련을 버리고 '심心출가'로 전환하도록 만들어준 것은 경허1846~1912 선사의 선시였다.

세상과 청산은 어느 것이 옳은가
봄볕 있는 곳은 꽃 피지 않는 곳이 없구나.

내면의 뜰

누구나 빈 방 한 칸이 필요하다

언제부터인가 우리가 사는 공간의 구역이 분할되면서 용도가 고정되기 시작했다. 침실에서는 잠만 잔다. 거긴 늘 이불이 펴져 있다. 주방은 밥만 먹는다. 거기에는 항상 탁자와 의자가 놓여 있다. 거실엔 큰 소파와 대형 텔레비전이 떡하니 버티고 있다. 물론 경제적인 여유가 생기면서 일어난 일이다. 그러다 보니 한 사람이 차지하는 평균면적이 날로 늘어난다. 그것도 대부분 공간을 사람이 아니라 물건이 차지한다. 그 때문에 집을 짓고 또 지어도 계속 모자란다고 아우성이다.

물론 어려운 시절이라 어쩔 수 없었지만 예전에는 자는 공간과 밥 먹는 공간과 머무는 공간이 같은 자리였다. 그 방은 단아한 기본 가구 몇 점을 제외하고는 대체로 비워두는 편이었다. 이불을 펴는 시간에는 이불을, 밥상을 펴는 시간에는 밥상을, 그리고 필요에 따라 필요한 것을 수시로 펴고 접고 했던 것이다. 공간의 활용도가 수시로 바뀌었다. 그야말로 다용도 공간이었던 것이다. 다용도 공간은 다양한 사고를 하게 만든다. 더불어 규모의 경제로 운영이 가능했다.

산중의 작은 암자는 대부분 법당과 요사채(생활공간)를 겸하기 마련이다. 성상聖像을 벽장에 모셨다. 필요할 때만 창호지로 가려진 벽장문을 열기만 하면 법당이 된다. 그 방에서 잠을 자고 공양을 하고 또 좌선을 했다. 침실인 동시에 식당이고 선방이었다. 그리고 객을 맞이할 때는 담소를 나누는 차실이 되었다. 집 관리라는 비본질적인 번거로움을 최소한으로 줄이고 내면의 시간을 많이 갖기 위한 무소유의 또 다른 실천이기도 하다.

공간의 용도를 한정지으면 사용하지 않을 때도 그대로 두어야 한다. 그러다 보니 이즈음 아파트에는 궁여지책으로 다용도실이라는 것이 등장했다. 여러 잡동사니를 모조리 넣어두는 방이다. 하지만 엄밀한 의미에서 공空적인 다용도실은 못 된다. 또 하나의 용도가 규정되어 있는 또 다른 방일 뿐이다. 가능하다면 작은 방 한 칸 정도는 완전히 비워서 '텅 빈 충만'을 통해 내면의 뜰을 가끔씩 돌아볼 수 있는 여유를 갖는다면 마음세계를 더욱 풍요롭게 가꿀 수 있을 것이다.

이어령 씨는 '서양인은 가방을 만들어냈고 동양인은 보자기를 만들어냈다'고 했다. 가방과 보자기의 차이는 단일성과 다의성이라는 기능의 차이다. 가방은 용도가 한정되어 있지만 보자기는 그렇지 않다. 가방은 용도가 없을 땐 자체 모양과 무게가 부담스럽지만 보자기는 접어두기만 하면 된다. 그리고 자기를 위한 공간을 거의 필요로 하지 않는다. 자기 모양이 없기 때문에 어떤 모양이라도 다 만들 수 있다. 양이 많으면 많은 대로 적으면 적은 대로 두루 통한다. 그래서 보자기는 그 자체가 '공空'인 까닭에 천변만화千變萬化가 가능한 것이다.

긍정적 보자기 사고마저 날로 가방 사고로 고착되어 가는 세태 속에서 등장한 '보자기 가방(크로스백팩)'은 또 다른 종합적인 지혜를 보여준다.

그동안 줄서 기다린 시간이 아깝긴 했지만
용감하게 대열을 이탈했다.
그러자 그곳은 생각보다 훨씬 가까운 곳에 있었다

3

말하지
않음으로써
말을 전하다

스님의 여름휴가

마음이여, 어디에 있건 그대로 쉬어라

도심 생활을 한 지 꽤 많은 시간이 흘렀다. 아홉 시에 출근해 여섯 시에 퇴근하는 어색하기 짝이 없는 일이 이제 일상사가 되어간다. 출근시간에 다른 사람들이 다들 분주하게 움직이니 나도 부지런히 움직여 건널목을 지나간다. 그동안 살고 있는 사찰이 바로 공부처이며 일하는 장소이며 또 자는 곳인 '재택근무'적 삶이었는데, 요즈음은 그게 아니다. 남들처럼 함께 바삐 일하고 부지런히 잰걸음으로 걸어야만 한다.

쉬는 날, 숙소의 창문을 열어놓고 느긋하게 차 한 잔 마시는 여유를 누릴 때면 그렇게 행복할 수 없다. 비로소 쉰다는 의미가 무엇인지 알 것도 같다. 그래서 한때 '열심히 일한 당신, 떠나라!'라는 광고 카피가 모든 이의 공감을 자아낼 수 있었나 보다. 내가 뭘 그렇게 열심히 일했는지는 모르겠지만 이제 휴가까지 주어졌다. 휴가란 여유를 가지고 쉬는 것이다.

석상 스님은 '휴거헐거休去歇去'라고 말씀한 바 있다. '쉬고 또 쉬라'는 말이다. 물론 몸을 쉬라는 것이 아니라 마음에서 일어나는 모든 망상과 밖으로 치닫기만 하는 쓸데없는 생각을 쉬라는 말이다. 하지만 요즈음 같은 휴가철에는 휴거헐거에 내 방식대로 해설을 달아보는 것도 괜찮을 것 같다. '몸도 쉬고 또 마음도 쉬어라. 몸을 쉬는 일도 중요하지만 마음도 쉬어주어야 제대로 쉬는 것이다.'

어떻게 해야 몸과 마음을 제대로 쉴 수 있을까.

더운 여름날이었을 것이다. 고운 최치원 거사가 해인사 계곡을 찾아드는 중이었다. 때마침 산문을 나선 걸망을 진 한 스님과 마주쳤다. 그런데 당신의 눈에는 뭔가 좀 못마땅하게 비친 모양이다. 마을에 사는 당신은 산을 찾아 들어오고 있는데 산에 사는 스님이 도리어 산을 나가고 있으니 당연히 한마디 하지 않고 그냥 지나칠 수 없는 일.

"산이 좋다고 말하면서 왜 밖으로 나갈까? 난 다시는 나가지 않으리라."

고운 거사는 말년에 모든 것을 다 정리하고 진짜 휴가를 받아 가야산에서 푹 쉬었다. 그야말로 휴식休息이 되어버렸다. 결국 숨 쉬는 것까지 쉬어버렸기 때문이다. 거사는 진대밭골에서 신선이 되어 사라졌다고 한다. 영원한 휴가를 받은 것이다.

그렇다면 그 스님은 마을로 휴가를 간 것일까? 그렇다 하더라도 아쉽게도 고운 거사는 산과 마을이라는 이분법적 사고를 벗어나지 못하고 있었던 것 같다. 산에도 마을이 있고 마을에도 산이 있다는 평범한 이치를 간과한 것이다.

주말의 산은 산이 아니다. 도심지나 진배없다. 주말의 도시는 도시가 아니다. 차도 없고 사람도 없다. 한적한 산이나 다름없다. 휴가철에는 '산의 도시화, 도시의 산화山化' 현상이 더욱 극명해진다. 이 기간만큼은 산은 산이 아니요, 도시는 도시가 아닌 것이다. 더울수록 경제가 풍요로울수록 이는 또 하나의 사회 현상으로 고착되어가고 있는 형편이다.

그렇다면 역으로 몸은 도심 속에 있으면서 마음으로 산을 만들어낼 수만 있다면 어느 곳이든 휴가지가 될 수 있을 것이다. 고운 거사처럼 서라벌 도시가 싫어 산으로 갈 것도 없고, 그 스님처럼 몰려오는 사람들의 북새통이 싫어 산을 내려올 일도 없을 것 같다.

결국 어디에 있든지 언제나 모든 곳을 휴가지로 만들어낼 수 있는 그런 마음의 자세와 삶의 철학이 사실은 더 중요한 게 아닐까. 이번 휴가에는 모든 사람이 마음속에 바위를 안고 가지 말고, 어느 곳이든 휴가지로 만들 수 있는 태도로 다녀왔으면 한다.

마애불의 천 년 침묵

말하지 않음으로써 뜻을 전하다

2007년 어부 김용철 씨는 주꾸미 발에 감겨 올라온 고려청자 접시 한 점을 예사롭게 보지 않았다. 이것이 계기가 되어 태안 앞바다에서 청자 수만 점이 실린 보물선이 발견되었다. 그는 전날 어부들 사이에 길몽으로 알려져 있는 물꿈(수영하는 꿈)을 꾸었다고 한다. 1976년 신안의 해저 유물, 1983년 완도의 해저 유물도 이와 비슷한 과정으로 세상에 알려지게 되었다.

부여의 무령왕릉은 1971년 홍수로 인하여 물길을 내던 중 예기치 않게 발견되었고, 중국의 진시왕릉도 농부 양쯔파가 곡괭이로 땅을 파던 중 우연히 흙으로 빚은 사람 머리를 발견하면서 알려지게 되었다. 물론 인간들 눈에 보이건 말건 유물은 그 상태로 존재하고 있다. 하지만 우리 눈에 보이고 손으로 만져질 수 있다면 더 좋은 일이다.

부처님이 나투시는 것도 이러하다. 법신法身은 보신報身, 화신化身을 통해 눈앞에 나타나기 마련이다. 문경 사불산의 부처님은 587년 사면에 불상이 새겨진 바위가 붉은 비단에 싸여 하생下生

했다. 익산 미륵사 삼존불은 백제 무왕 때 절 입구 연못에서 상생上生했다. 하늘에서 내려오기도 하고 땅에서 솟기도 한다. 천상세계건 지하세계건 어디에 계시건 상관없지만 중생의 바람으로는 인간세계에 나투시면 더 좋은 일이라고 생각하기 마련이다.

2007년 가을 경주 남산에서 마애불이 발견되었다. 무게 70톤에 높이 6미터에 이르는 바위는 결코 작다고 할 수 없다. 근처에 이미 있던 좌불상의 불두를 복원하며 주변 정리를 하는 과정에서 우연히 발견되었다. 천 년 동안 그 자리에 있어도 시절 인연이 도래하지 않으면 우리 눈에 절대로 보이지 않는다. 마애 부처님 모습으로 가파른 산언덕 땅바닥에 몸을 숨긴 채 남에게 방해받지 않고 선정 삼매에 드신 것도 좋은 일이다. 천 년 동안 비바람을 피한 덕분에 원형이 그대로 남아 있으니 이것도 숨어 있었던 깊은 뜻이라면 뜻이라 하겠다. 조주 선사는 금불金佛은 용광로에서 무사할 수 없고 목불木佛은 불에서 무사할 수 없고 토불土佛은 물에서 무사할 수 없다고 했다. 다행히도 석불에 대한 언급은 하지 않았다. 물론 선사의 말씀은 형상을 통해 영원한 마음 부처를 찾으라는 역설적인 말씀이다.

진흙불상은 필요한 것만 진흙을 붙여서 모셔낸다. 그래서 야보 선사는 진흙이 많으면 부처님도 크다고 노래했다. 돌이나 나무로 모신 불상은 바깥에서 필요 없는 부분만 깎아낸다. 같은 부처님이지만 정반대의 과정으로 이 세상에 나타난다.

하지만 마애불은 이 두 가지 과정을 동시에 보여준다. 일부분은 깎아내고 나머지 바탕은 그대로 두기 때문이다. 적당히 털어낼 것은 털어내고 또 적당히 남길 것은 남기는 그 모습에서 입체불이나 평면불(탱화 등)에서 느낄 수 없는 '중도적 안목'을 우리에게 보여준다. 또 그것을 무설설(無說說, 말하지 않음으로써 말을 전함)로 일깨워준다.

삼천배와 백팔배

자기는 속이지 못한다. 모르고도 짓는 허물까지 참회하라

어찌 보면 참으로 부끄러운 일인지도 모르겠다. 왜냐하면 승려 생활을 한 세월이 만만찮은데 삼천배를 한 것은 두 번밖에 안 되기 때문이다. 그것도 혼자서 신심이 우러나 자발적으로 한 게 아니라 대중에 얹혀 반쯤은 타의에 의해 했기에 더욱 그렇다.

첫 번째는 해인사로 출가했을 때였다. 속복 차림에 긴 머리로 보경당에서 삼천배를 마쳐야 했다. 그러고 나니 머리카락을 잘라주고 옷은 감색 행자복으로 바꾸어준다. 그때는 마룻바닥에 방석도 깔지 않고 그대로 절을 했다. 행자실은 당연히 그렇게 해왔고 또 당연히 그래야 하는 줄로 알았다. 무릎이 까지는 줄도 모르고 열심히 절을 했다.

두 번째는 강원에 입방하여 처음 용맹정진에 들어갈 때였다. 성철 큰스님이 당시에 방장이셨다. 화두를 타기 위하여 그 유명한 당신의 가풍대로 삼천배를 해야만 했다. 삼십여 명의 학인들이 단체로 밤새도록 가사장삼이 다 젖도록 절하면서 법당에서 그대로 새벽예불을 맞았다. 아침공양을 마치고는 백련암에 올라

가 어른을 뵙고 화두를 받았다.

그러나 이 두 번보다도 나의 기억에 선명히 남아 있는 것은 대학생 시절에 했던 삼천배다. 불교 동아리에 있을 때 해인사 홍제암에서 수련법회를 치르면서 마지막 날 큰절 대웅전에서 함께 삼천배를 올렸다. 불광법회의 중등부 학생 수백 명이 수련법회 마지막 날 삼천배를 올리는데 우리 팀이 합류한 것이다. 꼬마들이 얼마나 절을 열심히 하는지 스스로 부끄러워 게으름 없이 절을 했다.

휴식시간에 해우소를 다녀온 후 대웅전 앞 마당을 돌았다. 밤하늘의 별빛을 보며 심호흡을 하다가 명부전 앞을 지나가게 되었다. 꼬마 몇 놈이 중도에 낙오하여 명부전 사자상과 동자상 사이에 끼어 정신없이 잠을 자고 있었다. 그 기억이 지금도 선명하여 명부전 앞을 지날 때마다 혼자 빙그레 웃곤 한다. 어쨌거나 그때 삼천배를 마치고 수백 명의 꼬마들과 함께 처음으로 먼발치에서나마 백련암 큰스님을 뵐 수 있었다.

그러고 보면 나의 삼천배 역사는 통틀어 세 번이 되는 셈이다. 하지만 백팔배는 십여 년 동안 부지런히 하루도 빠지지 않고 아침마다 해왔다. 그 덕에 업장이 소멸했는지 크게 아픈 곳 없이 병원 신세 지지 않고 오늘까지 수행자 노릇을 하고 있으니, 이 모든 것이 백팔배의 참회공덕이라고 지금도 믿고 있다.

강원 학인시절 은사스님 시봉을 하면서 함께 포행을 다녔다. 장경각 뒤를 돌아서 운동장 쪽으로 돌아오는 길이 호젓하여 산책을 다니기에는 그만이었다. 그때 마침 운동장에서 학인들이 땀을 뻘뻘 흘리며 열심히 공을 차고 있었다. 노장님이 지나가며 그걸 보시고는 한마디 하셨다.

"저럴 기운 있으면 법당에 가서 절이나 하지."

좀 속된 표현일지 모르지만 절을 하면 온몸운동이 된다. 그래서 건강해질 수밖에 없다. 몸과 마음이 피곤한 날 새벽 운동한다고 생각하며 백팔배를 하면 그런대로 게으른 마음을 이겨낼 수 있었다. 그냥 숫자만 헤아리면서 백팔배를 할 경우 일종의 수식관이 된다.

예불대참회문을 읽으면서 백팔배를 하면 108부처님을 찬탄하는 공덕을 짓게 된다. 참회문 앞뒤로 붙어 있는 글들은 정말 감동적이다. 눈물 흘리며 저절로 참회가 되는 내용으로 이루어져 있다. 그래서 백팔참회문을 읽으면서 백팔배를 하라고 권하고 싶다.

불완전한 중생의 몸으로 살면서 허물이 없을 수가 없다. 알고도 짓고 모르고도 짓는다. 그러나 허물을 짓는 것이 문제가 아니라 허물을 짓고도 참회할 줄 모르는 것이 더 큰일이다. 승속을 막론하고 자기 합리화의 방편술만 늘어가는 이즈음의 세태를 보면서 자기반성이란 참으로 아름다운 삶의 모습인 동시에 수행의 한 방편임을 알게 된다. 세 치 혀의 화려한 수식어로 남이야 수백 명도 속일 수 있지만 자기 자신까지 속일 수는 없기 때문이다. 불기자심不欺自心! 자기를 속이지 말라고 했다. 자기는 속이지 못한다는 말이 더 옳다.

파스칼의 갈대 화왕산의 억새

언어가 분별심을 만든다

갈대와 억새는 오래 전부터 가을의 서정을 대변해왔다. 물론 둘의 이미지는 가을이라는 계절 앞에서 일치한다. 하지만 생김새는 엄연히 다르다. 구별하기 제일 쉬운 방법이 있다. 물가에 있으면 갈대, 건조한 곳에 살면 억새다. 습지인가 아닌가 하는 것이 판가름의 기준인 셈이다.

하지만 그 모양새 역시 대충 살펴봐도 차이가 있기 마련이다. 갈대는 남성적인, 억새는 여성적인 풍이 강하다. 갈대는 좀 거칠게 생겼고 억새는 좀 깔끔해 보인다.

흔히 '여자의 마음은 갈대'라고 표현한다. 하지만 그 '갈대'라는 말을 듣는 사람은 모두가 '변덕스럽다'는 뜻으로 알면서도 가녀린 모습으로 바람에 하늘거리는 억새의 품새를 함께 연상할 것이다. 말하는 사람도 억새를 염두에 두고 있는 건지도 모르겠다. 갈대라고 해도 모두 억새로 알아들으니 뭐라고 부르든지 간에 의사소통에는 아무 문제가 없다. 하긴 식물학자를 제외하고 모두 애써 구별하지 않는다. 아니, 구별할 필요조차 없다고 하는 편이 맞을 것이다. 모두 알아서 알아듣는다. 어차피 언어라고 하는 것은 마음 전달의 방편이기 때문이다.

파스칼1623~1662은 어릴 때부터 허약하고 심약하며 또 사색적이었다고 한다. 그는 《팡세》에서 "인간은 덧없이 연약한 한 줄기의 갈대에 불과하다. 그러나 생각하는 갈대다"라는 오늘날까지 인구에 회자되는 명언을 남겼다. 이 말도 가만히 새겨보면 자신을 비유한 말이라고 하겠다. 하지만 '인간은 생각하는 억새다'라고 했다면 더 실감났을 것 같다. 실제로 갈대보다는 억새가 훨씬 더 연약해 보이기 때문이다.

하지만 언어적으로 보면 '억새'라는 말보다 '갈대'라는 말의 어감이 훨씬 부드럽다. '억새'하면 곧바로 '억셈'의 느낌이 이어지기 때문이다. 그래서 사람들은 자기가 필요할 때 무의식중에 억새를 갈대로 바꾸어 부르는 것인지도 모르겠다. 하긴 이름에서 받는 느낌과 실물의 이미지가 일치하지 않는 것이 어찌 억새와 갈대뿐이랴. 강하기 때문에 부드러운 이름을 갖도록 만들고 부드럽기 때문에 강한 이름을 붙이는 것은 서로의 균형을 유지하려는 또 다른 지혜이기도 하다.

선화禪畵로 유명한 〈달마절로도강도達磨折蘆渡江圖〉는 달마 대사가 갈대를 타고 강을 건너가는 그림이다. 차안此岸에서 피안彼岸으로 넘어가는 순간을 포착하여 일필휘지로 그렸다. 달마 대사는 학문뿐만 아니라 종교에도 조예가 깊다는 양무제를 만났으나 제대로 '이심전심'이 되지 않아 가차 없이 결별하고 소림굴로 떠난다. 그런데 양자강을 건너려면 배가 필요했다. 그래서 갈대를, 그것도 한 줄기만 꺾어서 타고 갔다. 성인은 상한 갈대조차 함부로 꺾지 않는 법이다. 어쨌거나 배경은 물가다. 그래서 당연히 갈대(蘆)를 타고 가야 한다. 억새를 타고 갈 수는 없는 일이다. 따라서 이 그림은 갈대와 억새가 분명히 다르다는 것을 보여준다. 억새는 억새고 갈대는 갈대인 것이다.

그런데 억새 중에는 물가에 피는 물억새도 있으니 습지를 기준으로 애써 구별하려는 것도 어려운 일이다. 또 창녕 사람들은 화왕산의 같은 억새를 두고서 갈대와 억새라는 말로 번갈아 부른다. 가을에는 갈대 축제를 열고, 이듬해 정월대보름에는 억새 태우기 행사를 벌인다. 그 산의 그 억새가 가을에는 갈대로 불리다가 겨울을 넘기면서 이름만 다시 억새로 바뀌는 것이다. 호기심 많은 사람들은 이런 경우를 절대로 그냥 지나치는 법이 없다. 입방아 찧기 좋아하고 말 잘하는 사람은 이에 걸맞은 대응 논리를 개발하기 마련이다.

예전에 이 산에 용지龍池라는 호수가 있었고 그 주변에 갈대가 무성했다. 그런데 세월이 흐르면서 연못이 말라갔고, 점차 그 일대가 억새로 채워지게 되었다. 그래서 갈대와 억새라는 이름이 동시에 이 산중에 남아 있는 것이라 한다. 천 년 전부터 그 자리를 지킨 관룡사 용선대 돌부처님께 "저 말 맞아요?"하고 넌지시 여쭤보니 미소로만 답하신다.

이 아름다운 가을, 진짜 구별하려는 마음 자체가 일어나지 않는, 억새와 갈대가 함께 어우러진 곳이 있다면 그 지역을 찾아가 금풍金風을 온몸으로 느끼고 싶다.

문지방 법문

반성적 사고가 계속되면 이기심은 평등한 지혜로 바뀐다

부처님 생존 당시 불교는 기존 종교의 틈바구니 속에서 스스로 자리 잡기 위하여 부단히 노력해야 했다. 그것은 기존 이론의 허구에 반박함은 물론 대안까지 아울러 제시해야 하는 이중고의 부담을 기꺼이 감수했음을 의미한다. 논리로 대적하는 것은 승부의 과정이 눈에 보일 뿐만 아니라 아울러 검증까지 가능하므로 별다른 어려움이 없다. 문제는 대중 앞에서 의도적으로 궤변을 늘어놓아 상대방을 곤경에 빠뜨리고 그것을 즐기면서 반사이익을 챙기고자 하는 경우다.

이럴 땐 표면적인 논쟁의 승리보다는 상대방의 마음을 항복받는 것이 더 중요하다. 사실 종교 지도자는 권위와 함께 위의가 필요하다. 얼굴색을 붉히고 목소리를 돋우어 논쟁에서 이긴다 하더라도 그로 인하여 스타일을 구기게 되면 결과적으로 교화의 효과 면에서는 졌을 때나 별 다를 바 없기 때문이다. 이겨도 손해, 져도 손해인 경우가 대부분이다.

부처님의 '문지방 법문'은 이러한 당시의 사정을 적나라하게 보여주는 대표적인 사례다. 부처님의 권위에 치명상을 줌으로써 그로 인한 대가를 노리는 것이 목적인 한 외도(外道, 불교가 아닌 다른 종교의 가르침을 신봉하는 이)가 있었다. 그는 참새를 손에 쥐고서는 다음과 같은 질문을 던졌다.

"말씀해보십시오. 제 손 안의 참새가 이 이후에 살겠습니까? 죽겠습니까?"

그 속셈은 뻔하다. 살겠다고 대답하면 죽일 것이고 죽겠다고 대답하면 살릴 것이기 때문이다. 답변의 유도 자체가 이미 상대방의 패배를 전제로 하는 궤변인 셈이다. 거기에는 똑같은 논법으로 맞서야 함은 물론이다. 그리하여 그의 논리 자체가 가지고 있는 한계를 지적해주는 것이 오히려 승부의 관건이 된다. 이에 부처님은 아무 말도 하지 않고 가만히 문지방 쪽으로 걸어갔다.

"그대는 말해보라. 내가 들어가겠느냐? 나가겠느냐?"

질문을 던졌을 때만 해도 내심 쾌재를 부르고 있던 그 외도는 허를 찌르는 의외의 답변에 그만 무릎을 꿇고 패배를 인정해야 했다. 아무리 논리적으로 타당하고 사실적으로 정당한 일도 그 목적하는 바가 다른 곳에 있거나 불순한 동기에서 출발하면 설사 이기더라도 지는 게임이 될 수밖에 없다.

어떤 일이건 그 진행의 타당성과 정당성에도 불구하고 그 동기의 불투명성과 의도성 때문에 그 의미가 제대로 살아나지 못하는 경우가 많다. 우리의 마음속에는 명분과 실리라는 두 명제가 이중 구조로 자리 잡고 있다. 하지만 늘 표면적으로는 명분만을 드러낼 뿐이다.

유식唯識불교에서 제7식第七識이라고 부르는 말나식末那識의 이기성이 그 범인이다. 이 말나식은 얼마나 이기적인지, 그 이기심마저 이기심이 아닌 것처럼 살짝 가려놓는 재주까지 아울러 갖고 있다. 그리하여 늘 그럴듯한 명분으로 그 실리를 감추곤 한다. 처음에는 그 명분 속에 가려진 실리를 제대로 보지 못하던 사람도 말나식의 반복을 거듭 대하면서 급기야 그 의식의 실체를 파악한다. 그 명분 뒤에 있는 실리라는 이기성의 내용까지 읽게 된다.

그러나 말나식은 자기 본색이 드러났음에도 그 이기성으로 인하여 그러한 사실을 인정하려 들지 않는다. 그리고 결국 무명無明으로 전락하고 만다. 이렇게 되기 전에 제7식은 정신을 차려야 한다. 그런데 정신을 차려야 한다고 생각하는 것 역시 제7식의 작용이다. 아이러니한 것은 이기심 자체를 바꿀 수 있는 능력이 그 이기심 안에 포함되어 있다는 사실이다. 이것은 제7식이 가지는 장점이기도 하다.

이러한 반성적 사고가 계속되면 이기적이던 분별식은 차츰 평등한 지혜로 바뀌게 된다. 이렇게 되면 명분과 실리라는 대립적 이중 구조가 사라지는 단계가 나타난다. 결국 이기심의 방향을 어디로 돌리느냐 하는 것은 순전히 개인의 의지 문제이다. 그러나 그러한 어리석음을 일깨워주는 것은 함께 살아가는 주변 사람의 몫이기도 하다. 공동의 업은 방관하기보다는 함께 나누어야 하는 것이므로. 의식 자체는 방향이 없다. 문지방에 서 있는 부처님이나 참새를 손에 쥐고 있는 외도처럼.

그러나 그 방향을 결정하는 것은 개인의 이기심이다. 그 이기심이 정확한 판단의 근거를 확보하려는 진정한 이기심이라면 문제될 것이 없다. 그러나 상대방의 대답에 따라서 그 대답과 반대되는 방향으로 가려는 오기적 이기심이라면 예삿일이 아니다. 새를 살리고 죽이는 것이 상대방의 대답이 어떻게 나오느냐에 따라 결정된다면 그 저의의 불순성을 의심받을 수밖에 없다. 게다가 이런 태도는 결국 일관성마저 잃게 되어 주변을 온통 혼동 속으로 빠뜨린다. 그건 추구하는 역사관과 가치관이 진정 무엇인지를 되묻게 할뿐이다. 그런 모순을 지적해주는 탁월한 안목이 필요한 시대다. 이 시대는 마음으로부터 진심으로 감동을 불러일으킬 수 있는 수행력과 덕화를 가진 선지식을 요구하고 있다.

모든 존재는
연결되어 있다

다툼의 해결은 무아無我의 길뿐이다

산이 높으면 골이 깊기 마련이다. 무슨 일이든지 빛과 그늘은 동시에 존재한다. 그래서 선종에서는 '염일방일拈一放一'이라고 했다. 하나를 쥐면 다른 하나는 놓아야 한다. 하지만 그 평범한 진리도 나의 문제가 되었을 때는 모르쇠다. 모든 걸 움켜쥐려는 욕심 때문이다. 무슨 일이건 그 결과에는 이해 문제가 따르기 마련이다. 이익을 보는 쪽이 있으면 손해를 보는 쪽도 있다. 알고 보면 제로섬 게임인 경우가 대부분이기에 이를 《반야심경》에서는 '부증불감不增不減'이라고 한다.

전체적인 관점에서 문제를 볼 수 있는 사람은 그리 흔치 않다. 나의 손해 앞에서 남의 이익을 찬탄하기란 낙타가 바늘구멍 들어가기만큼 어려운 '성인급'이 되어야 할 수 있는 행위이기 때문이다. 삶과 죽음이 둘이 아니라고 하면서도 자기 동네에 납골당이나 화장장이 들어오면 대부분 머리띠를 두르고 두 주먹을 움켜쥔다. 삶과 죽음은 동전의 양면이다. '하루 살았다'는 말은

'하루 죽음에 가까워졌다'는 또 다른 표현일 뿐이다. 그럼에도 언제나 영원히 살아 있을 것처럼 '죽은 사람'을 무시한다. 내 속에 삶과 죽음이 공존하듯 산 자와 죽은 자도 공존해야 한다. 그럼에도 '우리 지역은 안 된다'는 목소리만 들린다.

살아가는 것 자체가 늘 이해관계라는 결단의 연속이다. '명분과 실리' 사이에서도 늘 자기를 저울질해야 한다. 내 속에서도 늘 이해관계의 충돌이 날마다 순간마다 이루어진다. 그리고 이해집단간의 갈등은 늘 사회의 불안 요인이다. 모두 자기 이익만을 앞세워 불특정 대중을 담보로 한 채 '정당성'을 주장하는 집단행위가 비일비재한 것이 현실이다.

행정학에서 '이해충돌'이란 공직자로서 직무수행의 의무와 개인적 이해관계가 부딪치는 경우를 뜻한다. 이럴 때 누구든지 해당 공직자가 개인의 이익과 무관한 정책 결정을 내릴 것이라고 생각하지 않는다. 어느 대권 유력주자가 자기가 소유한 부동산이 있는 강남 어느 지역에 고도제한 완화 결정을 내린 전력이 문제되어 곤욕을 치르고 있는 것도 이것이라 하겠다. 이해 충돌의 해결은 결국 무아無我의 길뿐이다.

모든 존재는 관계성 속에서 존재할 수밖에 없다는 연기緣起 도리의 이해를 통해 전체를 보는 눈을 갖추어야 한다. 그리고 그러한 가치관이 실천을 통해 외면화되어야 한다. 특히 공직에 있을수록, 높은 자리에 있을수록, 부자일수록 더욱 그렇다. 이게 선종의 노블레스 오블리주, 위치에 걸맞는 도덕적 의무이다.

바늘 한 개
용납하지 않겠다

공적으로 엄격한 원칙이 결국 모두를 살린다

선사 어록을 읽다 보면 그 간명적절하게 뒤통수를 후려치는 표현에 깜짝깜짝 놀랄 때가 한두 번이 아니다. 어록의 백미라고 하는《임제록》을 읽으면서 "공적으로는 바늘 하나도 용납할 수 없지만 사사롭게는 수레·말까지도 허용한다"는 구절을 대하고는 어떻게 인간 심리를 바닥까지 꿰뚫고 있을까 하는 느낌을 지울 수 없었다.

게다가 인정으로 뭉쳐진 우리 사회 특유의 공사 무분별의 풍토를 이미 천 년 전에 예언해놓은 것이라는 점에서 더욱 놀랐다. 공적인 정보를 사적인 루트를 통해 빼돌려 개인의 이익을 도모하고, 사조직이 공조직의 결정 과정에 지나치게 개입하면서 의사결정 구조가 왜곡되는 것을 익히 보아왔기 때문이다.

사사로운 일이야 인정상 수레·말 정도가 아니라 태산만큼 허용될지라도 참으로 좋은 일이다. 아니, 크게 하면 크게 할수록 더 좋은 일이리라. 하지만 공적으로는 원칙과 명분에 어긋나는 일이라면 바늘만큼은 물론 물 한 방울도 빠져나가지 못할 정도로 엄격하게 지켜져야 한다. 그것이 결국 우리 모두가 사는 길이기 때문이다.

이 말은 본래 임제 ?~867 선사의 말이 아니다. 위산 771~853 선사와 그 제자 앙산 803~887 선사의 이야기를 《임제록》에서 그대로 빌려왔다. 누구의 이야기라는 것이 뭐 그리 중요할까. 소화된 언어로 나의 것으로 만든다면 내가 바로 임제이고 앙산인 것을.

남에서 구름이 일어나니 북에서 비가 내리네

'따로따로'도 좋지만 '따로 또 함께'라면 더욱 좋다

가을 해가 기울어가는 자유로 주변 풍광은 고즈넉했다. 누른 억새풀 사이로 이내 임진강이 나타났고 곧 목적지인 도라산역 광장에 도착했다. 철조망과 '제3땅굴'이라는 표지판을 보는 순간 2007년 남북정상회담에 함께한 종교계 어른들을 마중하기 위하여 왔다는 사실까지 잠시 망각했다. 냉전시대를 거쳐 온 우리 세대에겐 반공교육의 현장이었기 때문이다.

이 자리는 남에서 보면 최북단이지만 북에서 보면 최남단인 지점이다. 그렇다면 남북이라는 말도 상대적인 것이다. 예전에는 대립의 종점이었지만 지금은 화해의 시발점으로 의미가 바뀌었다. 버스를 타고 함께 간 원불교 교역자들의 정복인 흰 저고리, 까만 치마 역시 남북이 나누어지기 전에는 평범한 아낙네들의 일상복이었다. 승복 역시 조선시대에는 모든 이의 평상복이었다. 옷은 그때나 지금이나 변함이 없는데 시절이 바뀌니 옷을 바라보는 시각이 달라진 것이다.

하지만 사바세계에 남북이 없을 수는 없다. 당나라 때 중국 선종계 역시 남북이 있었다. 양자강 북쪽 지방에서는 신수 선사의 활약이 두드러졌다. 장강 이남에서는 혜능 선사의 교화력이 빛났다. 그래서 말하기 좋아하는 사람들은 '북수남능北秀南能'이라고 칭했다. 수행 방법 역시 차이가 있다. 남쪽 사람은 지름길로 가는 것을 좋아했고 북쪽 사람들은 계단을 밟듯 차근차근 올라가는 것을 선호했다. 성질 급한 사람은 남쪽 길로 갔을 것이고, 느긋하고 여유로운 이는 북쪽 길에 합류했을 것이다. 물론 그 선택은 개인의 자유의지였다.

하지만 두 방법론을 비교할 능력이 없거나 출신지와의 거리 때문에 선택의 여지가 없었던 이들도 다수였다. 그렇거나 말거나 어딜 가건 모두가 수행의 최종 목적지에 이르고자 하는 바람에는 조금도 차이가 없었다. 그래서 혜능 선사는 더벅머리 행자 시절 "사람은 남북이 있지만 인간 본성은 남북이 없다"는 명언을 남겨 주변 사람은 말할 것도 없고 스승까지도 소스라치게 놀라도록 만들었다.

사실 따지고 보면 남북은 남북이 아니다. 남쪽 강변에서 구름이 일어나면 북쪽 평야에선 비가 내리기 마련이다. 모든 것은 서로 관계에서 자유로울 수 없다. 이런 상태를 운문 선사는 "남산에서 북을 치면 북산에서 화답하여 춤을 춘다"고 노래했다. 남북이 '따로따로'인 것도 좋지만 '따로 또 함께'라면 더욱 좋지 않을까.

성철 스님의 가르침

적게 자고, 적게 말하고, 적게 먹고, 지식에 안주하지 마라

재가자 몇 분과 함께 성철 스님의《백일법문》을 윤독했다. 상·하 두 권으로 분량이 적지 않은 데다 한 달에 한두 번 정도 일요일 오후를 택하여 읽다 보니 벌써 일 년이 흘렀다. 양도 양이거니와 그 내용이 만만찮아 그냥 읽고만 지나갈 수 없다. 이것저것 참고할 자료들을 찾으며 읽다 보면 적잖이 품이 든다. 이미 만들어 놓은 책을 읽는 것도 이렇게 힘이 드는데, 해인총림 초창기에 백일 동안 하루도 빼지 않고 철필로 긁어 만든 교재를 사용하여 법문을 하셨다고 하니 가히 이제는 '전설'이라 하겠다.

당신의 육성 녹음 법문집을 정리하는 제자들도 이 책 정리가 제일 힘들었다는 게 후일담이고 보면 이 책의 난해도를 가히 짐작할 만하다. 다음 생에는 한 사람이 이끌어가는 백일법문의 현장을 다시 만날 수 있길 발원해본다. 하루 한두 시간 정도는 '부처님을 능가하는 소리'를 내지를 수 있겠지만 대부분 아마 삼 일이면 밑천이 모두 드러날 것이다.

내가 출가했을 무렵에는 이미 당신 나이도 일흔을 향해 달려

가고 있었다. 백 일 연거푸 법문을 할 수 있을 정도의 근력은 없어서, 그저 보름에 한 번 결제 때나 시간적으로 길지 않은 짧은 법문을 듣는 것으로 만족해야 했다. 당신의 사상은 열반 후 법문집 정리가 끝나고서야 전체적으로 한 번 살펴볼 수가 있었다.

2,500년의 불교사에서 자기 목소리로 자기 안목을 후대에 남긴 선지식도 흔치 않다. 그래서 우리가 '성철 스님, 성철 스님'하는 것이다. 대부분의 승려들은 선림교해禪林敎海 속에서 자리장엄이나 해주고 밥이나 축내다가 한 생을 마친다. 죽반승粥飯僧이라는 말은 그래서 생겼나 보다. 그래도 '그저 어느 놈이 사자 새끼인 줄 몰라서 전부 옷 주고 밥 준다'는 당신 말씀 그대로 죽을 때까지 (부처님을 포함하여) 어른스님들의 음덕으로 대접받으면서 살아가는 것이다.

무엇이 당신으로 하여금 동구불출洞口不出하고 산속에서 평생 살게 했을까? 한마디로 말한다면 '불교 안에 녹아 있는 비불교적 요소, 선종禪宗안에 스며 있는 비선종적 요소를 제거'하여 불교를 불교답게, 선종을 더욱 선종답게 만드는 것을 사명으로 여겨 한평생을 투자할 수 있었기 때문이다.

조선시대라는 미증유의 오백 년 장기 법난기를 거치는 동안 승단은 자기동일성마저 포기해버린 반유반승半儒半僧·반승반속

半僧半俗에다가 일제시대와 해방 이후 온갖 잡동사니가 뒤범벅되어 불교라는 정체성마저 의심스러울 정도의 결과를 초래했다. 이를 해결하기 위한 방법은 수행 정신의 회복과 수행 체계의 확립으로 요약될 수 있겠다. 하지만 이것은 하고 싶다는 생각만 가지고 되는 것이 아니다. 나태와 안주에 물든 승단의 기득권 벽을 쳐부수어야 함을 의미한다. 엄청난 물리적·심리적 저항이 뒤따를 것은 자명한 일이다. 이를 이겨내기 위해선 논리성과 도덕성 그리고 실천성이 함께 수반되어야 한다. 그 원력이 당신을 평생 버티게 한 힘이었을 것이다.

이는 수도팔계修道八戒로 구체화되었다. 수도팔계는 수행 정신의 확립을 위한 구체적인 여덟 가지 방법, 즉 절속·금욕·천대·하심·정진·고행·참회·이타를 말한다. 법수가 부처님의 팔정도를 연상시킨다.

절속과 금욕은 반승·반속적인 마음이 일어날 때에 대한 경고다.

천대와 하심은 사문이 무슨 바라문 혹은 양반계급 혹은 지주처럼 거들먹거리고 싶은 마음이 일어날 때를 경계하기 위한 말이다.

정진과 고행은 게으름과 나태에 물들어 현실에 편안히 안주하려는 마음이 그 대상이다.

참회와 이타는 '수행합네!' 하는 아만심과 '나 몰라라' 하는 소승심을 향한 외침이다.

그리고 정진의 구체적인 모습은 첫째 잠을 많이 자지 말 것, 둘째 책을 보지 말 것, 셋째 간식을 먹지 말 것, 넷째 말을 많이 하지 말 것, 다섯째 함부로 돌아다니지 말 것이라는 '신수좌오계新首座五戒'로 집약되었다. 적게 자고, 적게 말하고, 적게 먹고, 지식에 안주하지 말고, 제자리를 지키라는 가르침이다. 수행 정신의 회복, 그 이상도 이하도 아니다.

부처님 오계는 신라 때 원광 법사가 화랑들을 위한 '세속오계'로 변용한 바 있다. 계율 역시 연기적 관점에서 늘 끊임없이 만들어지고 재해석되어 왔다. 성철 스님 역시 계율을 이러한 관점에서 적극적으로 개차開遮할 수 있는 안목을 갖추었던 것이다.

하동 땅 화계장터는 섬진강을 낀 영남과 호남의 경계점인지라 양쪽 사투리가 스스럼없이 사용되고 또 으레 다 알아듣는 곳이다. 모르긴 해도 압록강변의 신의주 사람들은 중국말 몇 마디쯤 수월하게 구사할 수 있을 것이다.

이와 같은 지역적 특수성은 경전 번역 과정에도 그대로 드러난다. 맨 처음 경전을 한문으로 바꾼 사람들은 중국인이 아니라 대부분 서역 출신의 스님들이었다. 서역 땅은 인도와 중국의 중간에 자리하여 양대 문명의 교차점이 되었을 뿐만 아니라 활발한 무역 통로로서 많은 사람이 왕래하는 교통 중심지이기도 했다. 그렇다 보니 일찍부터 언어 감각이 발달할 수 있는 환경 요인이 갖추어져 자연스럽게 인도말과 중국말을 동시에 익힐 수 있었다.

천축天竺, 곧 인도의 존재가 중국에 처음 알려진 것은 한나라 때 장건이라는 사신에 의해서였다. 그때 중국은 서역과의 교류를 위하여 장건을 서역으로 파견했다. 서역을 다녀온 그는 조정에 대월지국 동남쪽으로 수천 리 되는 곳에 천축이라는 나라가 있다고 처음으로 전했다. 그리고 그 나라에 대하여 이런 설명을 덧붙였다.

"풍속은 대월지국과 비슷하며, 지대가 낮고 습기가 많고 고온이다. 그 땅은 큰 바다에 인접해 있으며, 코끼리를 타고 전쟁을 한다. 사람들은 불도佛道를 닦으며 살생을 하지 않는 것을 관습으로 한다."

그 뒤로부터 중국 사람들도 천축이라는 나라가 있으며 그 나라에 불교라는 종교가 있음을 알게 되었다. 그 뒤 서역과 무역이 활발해지면서 자연스럽게 서로의 문화가 이동하고 더불어 불교도 전해지게 된다.

거기에서 한 걸음 더 나아가 적극적으로 불법을 구하려고 사람을 보내기도 했다. 후한 명제의 '감몽구법설感夢求法說'은 그러한 분위기를 잘 전해주고 있다. 후한의 명제가 꿈속에서 신인神人이 몸에 빛을 내며 날아서 궁전 앞에 내려오는 것을 보았다. 임금이 크게 기뻐하여 다음 날 여러 신하들에게 이 신이 무엇이냐고 물었다. 해박한 신하가 천축의 부처님이라고 대답했다. 이에 임금은 열두 명의 신하를 대월지국에 파견하여 경전과 불상을 수입토록 한 것이다.

이런저런 이유로 불교가 차츰 알려지면서 자연스럽게 경전 번역을 요구하기 시작했다. 양나라 때 승우가 편찬한《출삼장기집出三藏記集》은 경전 번역의 연기緣起, 목록, 서문, 발문, 번역한 사람의 전기 등을 수록하고 있다. 역경사 연구에 많은 자료를 제공하고 있는 이 책은 경론 목록집으로는 최고의 권위서이기도 하다.

그 내용 가운데 초창기 경전 번역자들의 이름이 열거되어 있다. 축마등, 안세고, 축불삭, 지루가참, 지요, 엄불조, 안현, 강맹상 등 여덟 명이 보인다. 재미있는 것은 그 이름 앞에 쓰인 성씨姓氏인 축竺, 안安, 지支, 강康 등이 출신 지방을 나타낸다는 사실이다. 축竺은 인도, 안安은 안식국安息國, 지支는 대월지大月支, 강康은 강거국康居國을 가리킨다. 천축을 제외하면 대부분 파미르 고원 서쪽의 서역에 있는 작은 나라들이었다. 다시 말하면 결국 처음에 불경을 한역한 사람들은 중국인이 아니라 대부분 서역인인 것이다. 지리적인 이유로 인도 출신들은 서역 사람들에 비해 상대적으로 중국어에 다소 어두울 수밖에 없었다.

구나발타라393~468 스님의 이야기는 이러한 저간의 사정을 단적으로 보여준다. 중인도 바라문 종족 출신인 그는《아비담잡심론阿毘曇雜心論》을 읽고 불교에 귀의한 후 삼장三藏에 통달하고 대승불교를 배워 여러 나라를 돌아다니며 교화 활동을 했다.

그러다가 유송 435년 바닷길로 중국 광주에 들어오게 되었다. 이미 그때는 이름이 꽤 알려진 터라 문제가 사람을 보내 그를 건강 땅으로 맞아들였다. 여기까지는 좋았는데 그 다음에 사단이 벌어졌다. 왕이 화엄경을 강론해달라고 청한 것이었다. 화엄경의 내용이야 이미 대승불교에 통달한지라 아무 문제가 없었는데, 문제는 언어장벽이다. 중국어에 능통하지 못한 것이 화근이었다. 법을 펼 수 있는 절호의 기회를 놓쳐버릴 순간, 고민하던 끝에 번쩍 떠오르는 게 있었다.

"그래, 기도를 하자."

그는 아침저녁으로 예불참회 기도를 하면서 가피력加被力을 구했다. 그러던 어느 날 흰 옷을 입은 사람이 나타났다. 한 손에는 칼을 쥐고 있고 다른 손에는 사람의 머리를 들고 있었다. 흰 옷 입은 사람은 험상궂은 얼굴로 가까이 다가오더니 소원이 무엇이냐고 물었다. 저간의 사정을 모두 이야기하자 그 사람은 걱정하지 말라면서 단칼에 스님의 머리를 잘라버렸다. 그리고 가져온 새 머리를 다시 목 위에 얹어주었다. 눈 깜짝할 사이의 일이다. 너무 놀라 화들짝 잠을 깨니 꿈이었다. 몽중 가피였던 것이다. 그날 이후로 구나발타라 스님은 중국말에 능통하게 되었고 또한 그

화엄 법회 역시 무사히 마칠 수 있었다.

이처럼 초창기 역경승들은 언어의 장벽에도 불구하고 이를 신심으로 이겨내면서 불교의 세계화에 모든 역량을 쏟아 부었다. 영어 또는 다른 외국어 때문에 고민하고 있는 사람들은 지극 정성으로 기도를 한번 해볼 일이다. "나도 머리를 바꾸어주십시오"라고 발원하면서.

해인사 극락전에 앉아

모든 존재에게 이익이 되어야 할 '출가'

해인사 내에서 터가 가장 순하다는 이곳. 눈부신 초여름 오후 햇살이 더없는 편안함으로 다가온다. 조금은 서툰 듯한 솜씨로 옮겨 지은 무기교의 율원 극락전은 한 생각 쉬어버린 수행자 같은 고졸한 모습으로 앉아 있다.

출가한 지 이태쯤 되었을 무렵이다. 속가에서 기별이 왔다. 긴한 일도 있고 하니 한번 다녀갔으면 한다고. 사실 장남의 의무를 저버렸다는 부담감이 마음 한구석에 늘 자리하고 있던 터라 어쩔까 하고 망설였다. 그건 '출가자'라는 명분과 세간적인 정감이 교차되었기 때문이다.

그때 마침 율주이신 일타 큰스님과의 대담이 있었다. 나도 끝자리를 차지했다. 대담이 거의 끝날 무렵 각본에도 없는 질문을 넌지시 집어넣어 여쭈었다. 그러자 큰스님께서는 이렇게 말씀하셨다.

"아무개 스님께서 집에서 부친이 돌아가셨다는 연락을 받았어. 그래서 필요한 것들을 대충 챙겨 길을 나섰지. 마을 어귀에 이르러 목탁을 꺼내 '나무아미타불'을 정근하기 시작했어. 수십 년 만에 집에 들어가니 '누구네 아들 왔다'고 동네 사람들이 야단을 떨었지만 그래도 아랑곳없이 '아미타불'만 불렀지. 이윽고 공양 때가 되자 모친이 상을 준비하면서 '아무개야! 이것 좀 먹고 하거라' 하기에 그냥 못 들은 체하고 계속 정근만 하니, 나중에는 '스님! 이것 좀 드시고 하십시오' 하더란다. 그래서 못 이기는 체 공양을 마치고 다시 밤새도록 정근을 했지. 급기야 나중에는 문상온 동네 사람들이 모두 '아미타불'을 따라 하더라는 게야. 그리하여 결국 여법하게 장례를 마칠 수 있었고, 또한 '누구네는 아들 하나 잘 두었다'는 말을 들으면서 돌아왔다는 게야. 이처럼 출가자로서 모든 중생에게 이익이 될 수 있다면 장례식이 아니더라도 가보는 게 좋겠지. 그렇지 못할 바에야……."

사실 나의 망설임은 출가자로서의 망설임이라고 할 수 없었다. 부끄러웠다. 그 뒤로는 되도록 출가자답게 생각하고, 출가자답게 행동하고, 출가자답게 모든 문제를 해결하고자 의식적으로 노력하게 되었다. 그것은 우바리 존자의 당부 말씀처럼 첫째는 '영원한 것과 영원하지 않은 것을 똑똑히 구별'함이요, 둘째는 그러한 분별력으로 '가야만 할 길을 고고하게 찾아서 가는' 실천력이라고 믿게 되었다.

사실 '출가자다움'이란 '출가'라는 말에서 알 수 있듯이 세간과의 단절을 그 전제로 한다. 하지만 그것은 세간에 대한 회피나 방관 또는 초월과는 그 궤를 달리한다. 왜냐하면 '출가자다움'으로 다시 세간으로 돌아감을 전제하기 때문이다. 그럴 때 '출가자다움'이 더욱 빛나게 될 것이므로.

바르게 듣고
바르게 보는 법

먼저 아상을 없애고 마음을 비워라

이고가 낭주 땅에서 자사 벼슬을 지낼 때였다. 그는 중앙에 있을 때 사관으로서 국사 편찬에 종사할 만큼 글에는 대가였다. 부임한 고을에 약산유엄751~834이라는 도인이 있다는 얘기를 들은 그는 겸사겸사해서 만나고자 했다.

그런데 사또가 부르면 그 고을에 사는 백성 자격으로 냉큼 달려올 일이지, 약산유엄은 이 핑계 저 핑계를 대면서 나타나지 않았다. 세 번이나 거절을 당하자 이고는 화가 이마 끝까지 올라왔으나 점잖은 체면에 드러내놓고 화를 낼 수도 없었다.

아무리 고을 백성이라 해도 상대는 불교를 대표하는 인물이지 않은가. 이고 자신 역시 유교를 상징하는 위치에 있었다. 잘못하면 유·불의 대립으로 비칠 소지가 있을 뿐만 아니라 그 자체가 이미 지는 것이라는 생각이 들었다. 찾아가서 버르장머리도 고치고 한 수 가르쳐줘야겠다고 벼르던 어느 날, 바람도 쐬고 콧대도 꺾어놓을 심산으로 이고는 길을 나섰다.

대사는 꿈쩍도 하지 않고 경을 읽고 있었다. 자사가 문 밖에서 기다리고 있는 걸 보다 못한 시자가 결국 태수가 왔노라고 아뢰었다. 얼마나 대단하기에 저렇게 도도한가 싶어 가까이 가서 보니 아무것도 없어 보이는 꾀죄죄한 늙은이에 불과했다. 이고는 화도 나고 어이도 없고 해서 한마디 툭 던졌다.

"얼굴을 보는 것이 이름을 듣는 것만 못하구나."

그제야 대사는 고개를 들고 이고를 바라보며 지나가듯 대꾸했다.

"그대는 어째서 귀만 중요하게 여기고 눈은 천하게 여기는가."

심오한 법문을 줄줄이 늘어놓아 봐야 이 상태에서 무슨 소리가 귀에 들어가랴. 먼저 아상을 없애고 자기 마음을 비우게 하는 일이 선결 문제인데, 이 한마디가 모든 것을 그 자리에서 끝내버리는 도리였다. 아니나 다를까, 태수는 두 손을 모은 후 정색하고는 가르침을 청했다.

"어떤 것이 도입니까?"

진작 그렇게 나올 일이지. 너무 당연한 한마디.

"구름은 하늘에 있고, 물은 병 속에 있다."

꽃도 너를 사랑하느냐

꽃마저도 필요 없는 경지

올 여름 바이칼 호를 찾았을 때, '정말 바이칼을 사랑하는 표정'을 가진 그는 여행업자라기보다는 오히려 선비에 가까웠다. 버스 안에서 그는 러시아 여가수인 알라 푸가초바가 부른 〈백만 송이 장미〉라는 노래에 대해 장황하리만치 자세히 설명해주었다.

미모의 유명 여배우를 짝사랑하던 어떤 무명 화가가 자신이 가진 모든 것을 팔아 백만 송이 장미를 사서 그녀가 묵고 있는 호텔 광장에 뿌려 사랑을 고백했으나 결국 그 마음을 사로잡지 못한 채 떠나보내고 말았다는 사연이었다.

꽃은 여러 가지 뜻을 내포하고 있다. 가난한 그 화가에게 꽃은 간절한 사랑 고백을 위한 매개체였다. 부처님께서 대중 앞에 들어 보였던 연꽃은 진리의 상징 언어였다. 진리와 욕망이라는 상반된 메시지의 넓은 스펙트럼 속에서 꽃이 가지는 의미는 우리 모두에게 각각 다를 수밖에 없다.

수행자는 꽃으로 자신을 꾸며서는 안 된다는 서릿발 같은 계율은 역으로 또 다른 집착을 만들었다. 그래서 문수의 법문에 감동한 선녀가 꽃을 뿌리니 그 계율에 집착하는 성문승들에게 도리어 꽃들이 몸에 그대로 붙어버렸다. 이 의도하지 않은 '파계'에 아연실색한 율법주의자들이 온갖 신통력을 동원해 떨쳐내려 했지만 허사였다.

그러나 그 계율에 집착하지 않는 대승보살들의 몸에 내린 꽃들은 아이러니하게도 그대로 땅바닥으로 떨어졌다. 정작 꽃은 아무 생각도 분별도 없는데 분별의식으로 인해 '오버'하는 인간들을 질타하는 일화라 할 수 있다. '꽃도 너를 사랑하느냐'고 되묻고 있는 것이다. 법에 대한 집착마저 벗어난 대승보살들에게는 몸에 꽃잎이 붙든지 말든지 애당초 문제가 되지 않는다.

그런 마음을 비운 경지는 공空을 가장 잘 아는 수보리 존자가 보여 준다. 어느 날 존자께서 바위굴에서 좌선을 하고 있는데 뜬금없이 제석천이 나타나 반야를 잘 말씀한다고 찬탄하면서 꽃을 뿌렸다. 이에 존자가 반야를 설한 적이 없다고 반문하니 도리어 이렇게 대답하는 것이었다.

"존자께서 말씀하신 적이 없고, 저 또한 들은 적이 없습니다. 말한 것도 없고 들은 것도 없는 이것이 참으로 반야를 잘 말씀하신 것이 아니겠습니까?"

이 정도의 안목이라면 꽃을 올릴 만한 자격이 있고, 또 받을 자격이 있다고 할 것이다. 이럴 경우 꽃도 사실 꽃이 아니요, 꽃을 받아도 받은 것이 아닌 것이다.

이런 꽃이 가지는 모든 의미를 압축적으로 보여준 사람은 우두법융594~657 선사일 것이다. 그가 우두산 유서사 북쪽에 있는 바위굴에 앉아서 정진을 할 때 일이다. 선사에게 새들이 온갖 꽃을 물어다 주는 상서로운 일이 종종 일어났다. 그는 이 일을 은근히 자랑스럽게 여겼을 것이다. 그런데 사조도신580~651 선사가 이 광경을 보고는 '꽃마저도 필요 없는 경지'를 한 수 제대로 가르쳐주기 위해 몸소 찾아갔다. 그것도 모르고 우두 선사는 공부하는 척 뒤도 돌아보지 않은 채 폼 잡고 앉아 있었다. 도신 스님은 그 속마음을 모두 다 알고 있다는 듯이 물었다.

"여기서 무엇을 하는가?"

"마음을 관觀합니다."

"관하는 것은 누구의 마음이며, 그 마음은 또 어떤 물건인가?"

이 한마디에 그때까지 꽃놀이를 즐기던 마음이 완전히 없어졌다. 물론 이후에는 더 이상 새가 꽃을 물어다 주지도 않았다. 그래서 이는 뒷날 많은 납자들에게 의심을 일으키게 하는 화두가 된다.

"우두법융 스님이 사조도신 선사를 만나기 전에는 어째서 온갖 새가 꽃을 물어다가 바쳤습니까? 또 만난 뒤에는 왜 더 이상 꽃을 올리지 않았습니까?"

이 질문에 대한 완전한 대답은 아니지만, 〈백만 송이 장미〉라는 노래의 후렴이 근사치의 답을 찾아내는 빌미를 제공해줄 수 있을지도 모르겠다.

> 미워하는 미워하는 미워하는 마음 없이
> 아낌없이 아낌없이 사랑을 주기만 할 때
> 백만 송이 백만 송이 백만 송이 꽃이 되고
> 그립고 아름다운 내 별나라로 갈 수 있다네.

호떡과 호빵 사이에서

무엇이라 부르건 본질은 변함이 없다

정월 초하룻날 떡을 먹고 변을 보면 섣달그믐날 똥 떨어지는 소리가 들렸다는 예전의 해인사 해우소는 삼남에서 가장 깊기로 유명했다. 그런데 가끔 절을 찾은 꼬마들이 볼일이 급해 경황없이 들어갔다가 발을 헛디뎌 아래로 떨어지곤 했다. 같이 온 친인척들이 사색이 된 채 요사채로 달려와 도움을 호소하면 호기 있는 스님 몇 명이 익숙하게 달려간다. 언덕 밑으로 뛰어내려 거름을 내는 문을 열면 똥거름 위에 애들은 멀뚱하니 서 있다. 발을 동동 구르며 새파래진 부모들과는 상관없이.

그런데 그 변소는 희한하게도 언제나 물기가 빠져버린 채 짚과 재 그리고 나뭇잎이 적당하게 섞여 굳어 있는 두엄더미 상태였다. 어린애를 안고 나와 가족 품에 안겨주고 나면 그제야 꼬마들은 사태의 심각성을 인지하고 울음보를 터뜨리곤 했다. 연신 '고맙다'는 인사를 받고서 헤어진 후 얼마의 시간이 흐르고 나면 어김없이 그 부모들이 스님들에게 떡을 해 올리곤 했다. 그야말로 '똥떡'이었다. 이제 그 변소는 없어져 똥떡 얻어먹을 일도 없게 되었다.

'운문호병雲門糊餠'은 종문의 제일서로 불리는《벽암록》77번 공안이다. 호병을 흔히 호떡이라고 하는데 운문 선사가 먹었던 그 호떡이 지금 우리가 먹고 있는 그 호떡과 같은 것인지는 알 수 없다. 요즘 호떡은 쌀이 아니라 밀가루를 발효시켜 굽는 것이니 호떡이 아니라 호빵이라고 불러야 할 것 같다. 하지만 떡과 빵의 한계는 여전히 모호하다.

이는 한글성경 번역 시에도 부딪힌 문제다. '오병이어五餠二魚: 다섯 개의 떡과 두 마리의 물고기'가 신약의 여러 곳에 언급되어 있는데, '병餠'을 빵이라고 하려니 백 년 전 조선 사람들은 아무도 알아들을 수가 없었다. 그래서 떡으로 번역했다고 한다. 요새라면 빵으로 번역해도 아무 문제가 없다. 하지만 지금도 여전히 떡이다. 이미 굳어진 것을 바꾸기란 쉽지 않다.

'정전백수자庭前栢樹子'는 '뜰 앞의 잣나무'라는 번역으로 수백 년 동안 통용되어 왔다. 그런데 요즘 들어 그 옛날 조주 선사가 머문 관음원(백림사)을 다녀온 사람들이 경내에 흔해빠진 측백나무를 보고 '백栢'이 잣나무가 아니라 '측백側柏나무'라고 주장하기 시작했다. 최초로 이 문제를 제기한 사람은 일간지 종교전문기자를 오래 지낸 이은윤 씨였다. 급기야 백양사 서옹 선사를 찾아가 그 부분을 공식적으로 말씀드린 바 있다.

설사 백 번 그게 맞다 할지라도 보통사람들은 '잣나무'가 어느 날 갑자기 '측백나무'로 바뀐다면 황당할 것이다. 하지만 잣나무든 측백나무든, 호떡이든 호빵이든 그게 중요한 게 아니다. 무엇이라고 부르건 화두의 생명력에는 아무 관계가 없음에도 불구하고 호사가들은 쓸데없는 일에 관심이 많다.

운문 선사에게 어떤 납자가 물었다.

"부처도 조사도 초월한 말이 무엇입니까?"

"호빵이니라."

대나무를 쳐서 크게 깨닫다

대나무 그림자가 계단을 쓸어도 먼지가 일지 않는다

가야산은 추운 지역이라서 해인사에는 대나무가 귀한 편이다. 그럼에도 경학원(도서관) 뒤편 언덕에는 이미 오래 전부터 대나무가 자생해왔다. 자연스럽게 뒷담 구실을 하면서 수행 공간의 분위기를 유지하는 데 도움을 주고 있다. 또 서너 해 전에 대중 울력으로 멀리서 옮겨다 앞뜰에 심은 오죽烏竹이 이제는 제법 무성하리만치 자라서 이래저래 강원 궁현당 채는 죽림원이 되어 간다.

대나무는 예로부터 수행자와 인연이 많았나 보다. 거슬러 올라가면 멀리 부처님 당시까지 이르게 된다. 불교 교단 최초 가람의 이름이 바로 죽림정사竹林精舍인 까닭이다. 이 정사는 카란타 거사 소유의 동산에 빔비사라 왕이 집을 지어 부처님께 바친 것이라고 전해진다. 가까운 곳에는 연못도 있었던 모양이다. 그 연못은 정사의 터를 기증한 거사의 이름을 따서 카란타 연못이라고 불렀다. 죽림정사는 이름으로 추측해보건대 대나무가 가득한

동산에 지어진 절이라는 걸 알 수 있다. 지금도 그 절터에는 대나무가 남아 있다고 하니, 부처님 제자들은 처음부터 대나무 그늘 아래에서 수행을 한 셈이다.

부처님도 이곳 정사와 연못 근처에서 자주 가르침을 설하였다. 대나무는 수행하기 좋은 환경을 만들어줄 뿐만 아니라 수행자의 눈을 열어주기도 한다. 당나라의 향엄지한 선사는 대나무 덕분에 깨달음을 얻은 경우다. 선가에서는 이를 '향엄 스님이 대나무를 쳐서 크게 깨닫는다'라는 이름으로 정형화해놓았다.

스님은 키가 일곱 척이나 되는 기골이 장대한 대장부였다. 경전에도 해박하였으며 달변이었다. 하지만 본분의 도리를 묻는 스승의 질문에는 한마디도 대답할 수가 없었다. 그날로 분발하는 마음을 일으켜 공부하러 길을 떠났고, 도중에 대나무가 무성한 터를 만났다. 그곳은 고인들이 일찍이 거쳐 간 공부터이기도 했다. 스님은 걸망을 풀고 자리를 잡고서 열심히 정진하였다.

그러던 어느 날 마당의 잡초를 베다가 낫 끝에 깨진 기와 조각이 걸렸다. 손으로 주워서 멀리 내던졌다. 그런데 그것이 그만 대나무에 부딪쳐서 큰 소리가 났다. 그 소리를 듣고 깨치게 되었다. 이 인연으로 대나무는 장군죽비가 되어 오늘도 수행자의 등짝을 사정없이 내리치면서 '탁탁탁' 소리를 낸다.

대나무도 대나무이지만 죽순 자라는 것을 보는 것도 적지 않은 구경거리다. 우후죽순이라는 말이 있을 만큼 비 온 뒤의 죽순은 자라는 것이 눈에 보일 정도다. 그것도 한두 뿌리가 아니라 여기저기에서 야단이다. 부지런한 놈은 이미 어른 키만큼이나 자라 있다. 잎과 가지가 나오는 것도 특이하다. 자랄 만큼 모두 자란 상태에서 껍질이 벌어져 나가면서 가지가 나오고 잎이 열린다. 큰 줄기를 미리 세워놓고 나머지를 만들어가는 것이 경전의 전체 요지를 파악하고 난 뒤 부분 부분을 살펴 들어가는 교학자의 자세를 닮았다고나 할까.

하지만 주변을 무시하고 아무 데나 불쑥불쑥 나오는 통에 대접을 못 받는 경우도 종종 있다. 경학원에서 학사대로 가는 쪽문과 맞닿은 한 칸짜리 방은 장경각과 대웅전 그리고 궁현당이 한눈에 들어오는 명당인 까닭에 도량을 살피고 보호하는 소임자들이 거처한다. 이 앞에 자라나는 죽순은 시야를 가리는 탓에 가지가 나오기도 전에 뿌리 흔적만 남긴 채 베어져 나가곤 한다. 무엇이든지 제자리에, 그것도 꼭 있어야 할 곳에 있어야 하는 모양이다.

대나무가 너무 빽빽하게 밀집한 곳은 솎아주어야 한다. 별로 할 일이 없는 한가한 오후, 간벌이나 해야겠다고 마음먹고 톱을 찾았다. 사이사이에 없어도 좋을 몇 줄기를 잘라낼 속셈이었다. 시드는 잎들이 많기 때문이다. 그리고 지금 자라고 있는 새순과의 조화도 염두에 두어야 했다. 세 그루째 잘라내는 순간이었다. 새끼손가락 쪽이 따끔하더니 이내 피가 흐르기 시작했다. 조금 남은 껍질이 질겨서 떨어지지 않아 손으로 당기는 순간 베인 것이다. 아마 이때 바탕이 뛰어난 사람이라면 한소식했을 것이다. 하지만 나는 기껏 생각나는 것이라곤 죽이는 것을 솎아주는 것이라고 착각하고 있는 순간에 돌아온 과보가 아닌가 하는 정도에 그칠 뿐이었다. 지혈을 하면서 어떤 명분으로든 살생을 함부로 할 일이 아님도 알았다. 하던 일을 중도에 그만둘 수도 없는지라 무리를 해서 꼭 잘라야 할 몇 그루만 정리하고 서둘러 마쳤다. 덕분에 손가락에 며칠 동안 약을 발라야 했다.

가까이 대나무들이 있어 몇 발자국만 나가도 볼 수 있지만 바로 눈앞에 죽림정사의 분위기를 만들어보겠다고 내 방 뒷문 바로 앞에다 대나무를 옮겨심기로 마음먹은 것은 지난해였다. 먼저 있던 진달래 등을 다른 곳으로 옮겨 빈터를 만들었다. 텃밭으로 가서 수레를 이용하여 흙을 실어 나르고 낙엽 퇴비를 섞어 땅의 기운을 돋웠다.

대나무는 성질이 생긴 것처럼 꼬장꼬장해서 다른 곳에 옮겨

심으면 잘 자라지 않는다고 하여, 예로부터 대나무가 취한 날竹醉日에만 옮겨야 한다고 전해 온다. 구체적으로 음력 5월 13일이다. 이를 무시한 탓인지 모르지만 지난해에 이미 한 번 옮겨 심었다가 결국 죽이고 만 경험이 나를 압박해왔다. 대나무는 늦봄에 옮겨야 한다는 의미인 듯싶어 비슷하게 날짜를 맞추었다. 얼마 전 비가 그친 날 구덩이를 크게 파고 대나무가 좋아한다는 소금을 잔뜩 뿌리고는 조심조심 몇 그루를 삽으로 파서 옮겨 심었다. 공기가 들어가지 않게 흙도 구석구석 잘 채웠다. 바람에 가지가 흔들리지 않도록 지지대를 세워 붙들어 매었다. 미리 잎을 따주고 마음속으로 축원도 했다. 옮기고 난 뒤에 다행히 비가 잦아, 제대로 뿌리를 내렸는지 안쓰럽지 않게 그냥 보아줄 만하다. 덕분에 손품, 눈품이 적게 난다.

송나라 때 선승인 야보도천 스님도 죽림정사와 분위기가 비슷한 곳에서 정진을 한 모양이다. 대나무도 있고 연못도 가까웠나 보다. 누군가가 《금강경》의 한 구절인 '나라는 생각도 없고 남이라는 생각도 없으며 중생이라는 생각도 없고 깨달았다는 생각도 없다'라는 뜻이 무엇인지를 물어왔다. 스님은 이에 대해 게송으로 답했다.

대나무 그림자가 계단을 쓸어도 먼지가 일지 않고
달빛이 못 바닥까지 비추지만 주변에는 흔적이 없구나.

아마 대나무로 둘러싸인 토굴 앞에 조그마한 연못이 있는 데서 살았으리라. 오늘도 방문 앞 대나무를 바라보면서 부처님이 머물던 죽림정사를 꿈꾼다.

대야에 '날마다 새로워지자'라고 써놓고
아침마다 세수하면서 마음도 함께 씻다

日新又日新

4

아름다운
인생은 얼굴에
남는다

얼굴 가난만큼 서러운 게 없다

모든 상相'이 상 아님을 알아야 한다

칠십을 한참 넘긴, 그래도 곱게 늙은 보살님이 어여쁜 20대 손녀에게 이런 말을 했다고 한다.

"가난, 가난 해도 '얼굴 가난'만큼 서러운 게 없단다."

지금도 그런대로 봐드릴 만한 얼굴이다. 젊었을 적엔 인물값했을 것 같은 할머니의 입에서 나온 소리라 더욱 예사롭지 않게 들린다. 그렇다면 현재의 저 차분한 얼굴은 기도 수행의 결과란 말인가? 그 시절에는 성형외과도 없었을 텐데?

이른바 얼짱 시대다. 그것도 모자라 이제 '몸짱'까지 함께 요구된다. 그 와중에 '못생긴 건 용서해도 뚱뚱한 건 용서할 수 없다'는 새로운 유행어까지 횡행한다. 하긴 그 말이 맞긴 하다. 얼굴이야 부모 탓이라고 할 수 있지만 비만은 스스로를 관리하지 못한 자기 책임이기 때문이다.

준수한 용모와 균형 잡힌 건강한 몸매를 갖고 태어나는 것 자체가 큰 복임에 틀림없다. 어찌 보면 금생今生만으로는 설명이 충

분하지 않다. 그래서 삼생에 지은 복이라고 말한다. 불가에서는 주지스님들이 단월들에게 꽃 공양을 시킬 때면 언제나 "다음 생에는 더욱 미인으로 태어나라"는 덕담을 빠뜨리지 않는다.

젊은이들한테서 자주 듣는 "첫인상이 얼마나 중요한데요" 내지 "필이 꽂혀야죠"라는 말은 따지고 보면 거개가 그저 껍데기에서 받은 주관적인 느낌에 불과하다. 하지만 그게 없다면 후일의 만남 자체가 이루어지지 않으니 그것을 탓할 일도 아니다.

문제는 법문 삼아서 '고운 마음씨' 운운하는 말들이 정작 당사자들에게는 별로 설득력이 없고 또 위로가 되지 않는 시대라는 사실이다. 그럼에도 불구하고 모든 상相이 상 아님을 알 수 있을 때 비로소 제대로 된 상을 볼 수 있다는 도리를 함께 알려주어야 하는 것이 절집이 가진 딜레마다.

순임금은 키가 매우 작았다고 한다. 그럼에도 오늘날까지 성군 소리를 듣고 있다. 현대 심리학에서는 키가 작은 데서 오는 열등감을 '나폴레옹 콤플렉스'라고 부른다. 나폴레옹 역시 단신이었다. 아무리 '키 큰 놈치고 싱겁지 않은 녀석 없다'는 말을 빌려 자기합리화를 해도 마음 한편은 여전히 서운했을 것이다. 공자는 머리통이 언덕같이 평평하게 생겨 공구孔丘라고 이름 지었다고 한다. 각이 진 머리 때문에 잘생겼다는 소리를 듣지는 못했을 것이다. 혜능 선사 역시 등신불을 보면 인물이 별로였고, 방아를 찧을 때 몸무게가 모자라 돌을 허리춤에 찼다는 것으로 보아 덩치도 왜소했던 것 같다.

이로 미루어보건대 설사 성인이라 할지라도 신체 콤플렉스에서 자유롭기가 쉽지는 않았을 것이다. 그럼에도 그것을 극복하고 인류 역사의 한 페이지를 당당하게 장식하고 있으니 범부와는 다소 차별성을 가진다.

노스님들은 인물 없는 제자들에게 '나한 같다'는 표현을 종종 하시곤 한다. 나한전에 가보면 정말 개성 있게 생긴 군상이 즐비하게 자리를 차지하고 있다. 그런데 듣는 사람은 얼굴 모양보다는 아라한과를 얻었다는 수행 결과에 초점을 두기 때문에 그게 칭찬인 줄 알고 별로 기분 나빠 하지 않는다. 그러나 내심을 알고 보면 그게 아니다.

아난 존자는 미남이었다고 한다. 게다가 다정다감하여 비구니 그리고 우바이들에게 인기가 그만이었다. 두타행을 일삼는 늙은 가섭 존자에게 '찍힌' 이유에 이것도 포함될 것 같다. 수려한 모습이 남들로 하여금 신심을 더욱 내게 하고 불법에 귀의토록 하는 유효한 수단임을 누구도 부정할 수 없다. 하지만 미인박명이란 말처럼 좋은 점이 있으면 그에 못지않게 음지도 있는 법이다.

도심의 어느 사찰에 매월 초하루가 되면 미인 보살이 꽃을 올리러 온다고 한다. 마주쳐 지나친 후 누구나 다시 한 번 뒤돌아볼 정도라고 한다. 그런데 그녀가 절에 도착할 무렵이면 어김없이 집에서 도착 여부를 확인하는 전화가 온다. 그리고 그녀가 절을 나선 이후에도 다시 전화가 온다. 몇 시에 나갔느냐고 반드시 묻는다는 것이다. 전화 받고 답하는 일이 매일 반복되다 보니 절집 소임자에게는 스트레스가 아닐 수 없다. 이쯤이면 예쁜 것도 죄가 된다.

그건 그렇고, 머리가 상투처럼 위쪽으로 튀어나온 것은 관상학적으로는 못난 것인데도 오히려 '육계肉誡'라고 하여 더 높이 가치를 부여하는 것은 보이지 않는 세계의 또 다른 법칙이다. 공자처럼 머리가 평평하기 때문에 못생겼다는 평가는 여기에 비하면 아무것도 아니다. 앞짱구 뒤짱구도 아니고, 이걸 위짱구라고 해야 하나. 그런데 이를 성인이 갖추어야 할 삼십이상三十二相 중 하나로 여겼으니 참으로 오묘한 도리가 아닐 수 없다. 이는 수행자가 불과佛果를 이루게 되면 환골하기 때문이다.

도독지책 선사는 조그마한 절에서 수행했다. 그러던 중 머리가 쪼개질 듯이 아픈 증상이 사흘 동안이나 계속되었다. 사람들이 뇌종양이 아닌가 하고 수군거릴 정도였다. 통증이 멎자 곧바로 정수리 뼈가 솟아올라 마치 다른 이의 뼈를 머리 위에 꽂아놓은 것 같았다. 이런 일이 있고 나서 얼마 지나지 않아 당시에 가장 큰 총림사찰인 쌍경사 주지로 발령을 받게 되었다. 이는 수행력이 복력으로 나타난 것이라고 해야 할 것이다.

요즘은 얼굴 성형보다 더 어려운 게 키를 키우는 일이라고 한다. 그런데 구백여 년 전에 기도를 통해 키를 늘인 명암영서 1141~1215 선사의 이야기는 참으로 희귀한 예다. 그는 어릴 때부터 키가 작았다. 출가 후에도 내심 자기의 작은 키를 의식하면서 살 수밖에 없었다. 그래서 밀교 수행법의 하나인 '허공장구문지법虛空藏求聞持法'을 닦으며 키가 더 커지기를 발원했다. 백 일간 지성으로 기도한 덕분에 키가 약 12센티미터 정도 더 커졌다고 한다.

성장판을 키울 수 있는 이 기도법과 함께 이왕이면 미인이 될 수 있는 기도법까지 찾아서 한 세트로 묶어 세간에 내놓으면 홈쇼핑 회사에서 서로 팔아주겠다고 줄을 설 것이다. 마음을 다스리라고 하는 고준한 법문보다는 성형외과의 견적서가 더 호소력을 가지는 시대이기 때문이다.

하지만 링컨은 사십이 넘으면 자기 얼굴은 자기가 책임져야 한다고 말했다. 물론 타고난 부분이 있는 것까지 부정할 수는 없지만, 후천적으로도 얼마든지 자기 분위기를 아름답게 연출해낼 수 있다. 그래서 관상학에서도 '면상面相'보다는 '심상心相'을 더 강조한다. 아름다운 마음씨와 수행으로 가꾼 투명하고 맑은 얼굴을 어찌 말초적인 성형미인에 비교할 수 있겠는가.

새벽 서울거리를 걷다

새들은 도시를 떠나지 않고 집을 짓는다

12월이다. 벌써 서울에서 네 번째로 한 해를 마감하니 이제 누가 '수도승'이라고 불러도 전혀 손색이 없다고 하겠다. 수도승이란 '수도修道하는 승려'라는 뜻이 아니라, 이를 패러디해 '수도首都에 사는 승려'를 가리키는 우리만의 은어다. 원효 대사는 〈발심發心〉이라는 글에서 '시정(市井, 대도시. 당시에는 경주였을 것이다)은 수행자가 살 곳이 아니다'라고 후학들에게 신신당부한 바 있다. 출가자가 도시에 머물 수밖에 없는 사정을 십분 감안하더라도, '수도승'을 바라보는 평범한 보통사람들의 눈길은 예나 지금이나 별로 탐탁지 않다.

언젠가 이맘때쯤 이수문학상 시상식에 갔었다. 수상자인 소설가와 오랜 인연을 갖고 있는 데다 수도 서울에 사는 까닭에 하객으로 자리를 함께한 것이다. 그때 시 부문은 최영미 시인이 차지했다. 보통 실물보다 사진이 과장되기 마련인데 그녀는 그렇지 않았다. 사진과 실물이 일치하는 그 자체가 나에게는 경이로움이었다. 사진만큼이나 미인이었고 게다가 또 늘씬했다. 초청자인 소설가보다도 덤으로 만나게 된 시인 쪽으로 눈길이 더 오래 머물렀다.

그녀의 출세작 《서른, 잔치는 끝났다》라는 시집을 오래 전에 읽었다. 그때 나는 산중에서 풀 빳빳하게 먹인 광목옷을 입고 살았다(지금은 세탁하기 좋은 화학섬유 옷으로 바뀌었다). 그 책은 이미 출간된 지 몇 년이 지난 뒤였는데, 내 나이가 불혹을 바로 앞둔지라 그 제목 자체가 매우 큰 공감을 불러일으켰다. '아! 이렇게 삼십대의 화려한 잔치가 끝나고 이제 불혹에 접어드는구나' 하는 아쉬움을 단 한마디로 대변해주는 '어록'이었던 것이다.

그로부터 또 십여 년이 흘렀다. '수도승'으로 시상식에 참여한 후 벽장에 나뒹굴고 있던 그 시집을 다시 찾아냈다. 그리고 찬찬히 읽다가 새로운 내용을 발견하게 되었다. 그녀는 대도시를 시 속에 끌어들이는 탁월한 안목을 보여주었다. 농경과 자연적 정서만이 시가 되는 줄 알았는데 도시도 시의 소재가 될 수 있다는 것을 과감하게 시도하여 모두에게 내보인 것이다.

아스팔트 사이에서
겨울나무 헐벗은 가지 위에
새가 집을 짓는구나

된 바람 매연에도 아랑곳 않고 사람 사는 이 세상 떠나지 않고
아직도
정말 아직도 집을 짓는구나

그녀의 시는 대도시 서울을 시의 언어로 확실하게 장악하는 내공을 보여주고 있었다. 마땅히 산에 있어야 어울리는 승려이지만 도시에 있어도 괜찮을 것 같은 그런 안도감을 나에게 주었다.

며칠 전 막차를 타고 상경했다. 자정을 훨씬 넘겨 서울역에 도착하니 모든 대중교통편이 이미 끊어진 상태였다. 함께 열차를 타고 온 다른 이들은 가족들에게 데리러 와달라고 전화하고 있었다. 나는 불러낼 사람도, 또 올 사람도 없다. 새삼 혼자임을 다시금 확인하는 순간이다. 택시 정류장에는 이미 백 미터가 넘는 긴 줄이 장사진을 이룬다. 별수 없이 맨 뒤에 섰다. 한 시간이 지나도 오십 미터가 남았다. 밤이 깊어갈수록 택시는 더욱 드문드문 온다. 이러다가 새벽녘이 되어야 내 차례가 올 것 같았다.

그동안 줄서 기다린 시간이 아깝긴 했지만 더 참지 못하고 용감하게 대열을 이탈했다. 걸어서 조계사까지 가기로 결정한 것이다. 지하도에 들어서니 노숙자들이 진을 치고 있었다. 승복 차림의 내 모습을 보고서 도움의 손길을 내미는 이와 한순간 눈이 마주쳤다. 이럴 때는 나도 도시의 미아일 뿐이다. 애써 외면하고

빨리 걸었다. 지하도는 길고도 길다. 사람도 별로 없고 차도 별로 없는 도심은 낮의 그 분주하고 복잡한 도시가 아니었다.

> 어디에서건
> 헤프게 모로 누운 산이 보이고 과묵한 빌딩들은
> 오직 높이로만 구분될 뿐이다.

라는 그 시인의 표현 그대로였다. 큰길은 전답처럼 넓고 길게 끝없이 펼쳐져 있고, 빌딩들은 연이은 산처럼 우뚝하게 서 있으며, 골목길은 계곡물을 연상케 한다. 가끔 삼삼오오 길가에 서 있는 취객들마저 사람이 귀한 탓에 정겨워 보인다.

조계사는 생각보다 훨씬 가까운 곳에 있었다. 얼마 걷지도 않았는데 길모퉁이를 도니 극락전 지붕 처마선이 보이기 시작했다. 절 마당으로 들어서니 대웅전 불빛이 훤하고 철야기도 소리가 가득했다. 도심의 절 역시 여느 빌딩처럼 한밤중에도 깨어 있다. 안도의 한숨을 돌리고 나니 쌩하고 지나친 그 노숙자의 눈빛이 생각났다. 순간 부끄러운 마음이 일어났다.

법안 선사와 어떤 납자가 이런 문답을 주고받았다.

"찬바람이 일면 가난한 이는 어디에 의지합니까?"

"은혜를 알면 은혜를 갚느니라."

강남 귤
강북 탱자

강북 탱자건 강남 귤이건 봄에는 모두 꽃을 피운다

그 암자에는 탱자나무가 길게 빙 둘러져 있다. 이런 생나무로 만들어진 울타리는 이제 일부러 찾아가야만 볼 수 있는 귀한 물건이 되었다. 봄이라고는 하나 아직 산중에 겨울 기운이 채 가시지 않았는지라 잎 없이 뾰족뾰족한 가시들이 더욱 도드라져 담장이라는 본래 기능에 더없이 충실하다. 길바닥에는 지난해 떨어진 탱자 열매들이 바싹 마른 채 여기저기 나뒹굴고 있다. 예전에는 한약재라고 하면서 일부러 익기를 기다렸다가 더러 따가고 하더니 이즈음은 떨어질 때까지 아무도 거들떠보지 않는다. 물론 떨어진 이후도 마찬가지다. 열매가 제 값을 못 해도 강남 갔던 제비가 돌아오는 춘삼월이 왔음을 아는지 여기저기 가지 끝에 파랗게 물이 오르기 시작한다.

서귀포에 위치한 그 절의 정원수는 모두 귤나무다. 구멍이 숭숭 뚫린 나지막한 현무암 돌담으로 경계를 친 요사채의 큰 창문을 통해 밖을 보니 멀리 바다가 한눈에 들어온다. 이른 봄인데도 황금빛의 큼지막한 귤이 그대로 매달려 있는 것이 신기하여 한참 쳐다본다. 그곳에 머물고 있는 도반과 함께 오랜만에 찻상을 마주하니 십만팔천 리 떨어진 강남으로 여행이라도 온 것 같은 느낌이다. 그이는 묻지도 않았는데 '하귤夏橘'이라고 대답했다. 육지에서 온 사람마다 모두 의아해하며 물어보는 모양이다. 겨우내 꽃처럼 나무에 매달려 동절기를 견디는 만생종이라고 부연 설명까지 해주었다.

며칠 전 두루마리 상태로 남아 있는, 고려시대에 만들어진 경전들을 조사하기 위해 일본 남선사로 향하는 연구원들을 배웅했다. 그들은 일보다도 '호시절이라 교토 곳곳에 만개한 매화꽃을 볼 수 있겠다'면서 좋아했다. 당나라 시인 두보는 이즈음의 강남 풍경을 '항상 강남의 3월 풍경을 생각하니 새가 우는 곳에 온갖 꽃이 향기로우리라'고 했던가. 봄을 애써 기다리지 않아도 제주도건 일본이건 중국이건 남으로 달려가기만 하면 언제든지 봄을 만날 수 있는 시대에 살고 있다.

그 귤나무를 생각하니 '남귤북지南橘北枳'라는 말이 떠오른다. 물론 여기서 남북은 중국의 양자강을 중심으로 지역을 나눈 것이다. 강남의 귤, 강북의 탱자. 같은 나무를 심어도 강남 쪽에는 귤이 열리는데 강북에 심으면 탱자가 되므로 그 맛에 차이가 날 수밖에 없다. 강남과 강북의 자연 환경이 서로 다른 까닭이다. 하지만 귤과 탱자는 같은 운향과에 속한다. 그처럼 양자강은 남북을 갈라놓기도 하지만 또 강을 중심으로 서로 마주보도록 하여 다시금 하나임을 일깨워준다.

남북의 기준을 양자강이 아니라 한강으로 바꾸어놓으면 또 다른 언어가 된다. 강남의 봉은사는 강북의 잘나가던 상궁들이 나룻배를 타고 갈대밭을 헤치며 기도하러 오가던 곳이었다. 하지만 지금은 화려한 고층빌딩의 숲 속에 둘러싸인 채 도심 속의 섬이 되어버렸다. 이는 몇 십 년 만에 강남과 강북의 가치가 완전히 달라진 까닭이다.

지하철 종각역 벽에는 '강남 같은 강북' 혹은 '강북에서도 이제 강남을 느낄 수 있습니다'라는 광고가 심심찮게 나붙는다. 하지만 이것이 지역적 열등감의 역설적 표현만은 아닐 것이다. 모든 것은 언제든지 위치가 달라질 수 있다는 가능성을 대변한 '말씀'으로 읽히는 한가한 토요일 아침, 송나라 야보도천 선사의 시를 가만히 읊조려본다.

> 강북에선 탱자 되고 강남에선 귤이 되지만
> 봄이 오면 모두 함께 같은 꽃을 피우는구나.

열반송

죽음 앞에서 드러나는 알뜰한 삶

선사들의 《전등록》을 읽다 보면 죽음을 자유자재로 맞이하는 모습들이 나온다. 보화 스님은 며칠 동안 관을 지고 다니다가 마지막 날 스스로 그 안으로 들어가 임종을 맞이했다. 등은봉 선사는 물구나무 자세로 열반에 들어 주변을 놀라게 했다. 방거사는 괭이를 쥐고 밭에 서서 그대로 죽었다.

앉아서 죽건 누워서 죽건 서서 죽건 간에 자세가 무슨 문제가 되겠는가? 다만 죽음을 마음대로 맞이할 수 있다는 것을 임종 시 자세를 통해 상징적으로 보여주었다는 사실에서 그 의미를 찾아야 할 것이다.

얼마 전 어느 노스님의 다비식에 다녀왔다. 당신의 이름은 별로 알려지지 않았다. 그래도 제자 몇 명은 절 집안에서 알아주는 선지식으로 길러낸 까닭에 오히려 '모 스님의 은사'라고 해야 알아듣기 쉬울 정도로 평범한 분이었다. 그런데 돌아가실 날을 잡는 것이《전등록》에나 나옴직한 것이었다.

추석이 얼마 남지 않은 무렵이었다. 낌새를 알아차린 제자가 좀 더 세상에 머무시라는 안타까운 마음에서 한마디 올렸다.

"스님! 한가위 명절이 끼어 있는지라 다비를 하려면 대중들이 매우 번다하게 될 것입니다. 그러니 추석을 쇠고 나서 열반에 드시는 것이 좋겠습니다."

"그래, 알았다. 달력 가지고 오너라."

추석이 일주일 정도 지난 뒤 스님이 돌아가셨다는 연락이 왔다. 공부의 힘은 밖으로 드러난 명성에 있는 것은 아닌 모양이다. 태어나는 것은 순서가 있어도 죽는 것은 차례가 없다고 했다. 그럼에도 우리는 늘 그것을 망각하고 천 년 만 년 살 것처럼 믿으면서 살아간다.

언젠가 유서 쓰기가 한창 세간의 화제가 되었던 적이 있다. 유서를 미리 써보는 것은 자기 삶을 진지하게 돌아보는 계기로 삼아 현재를 더욱 충실하고 알뜰하게 살아갈 수 있는 지혜의 한 방편이다. 시간이 날 때마다 끄집어내어 읽어보고 또 정정해간다면 좋은 수행 방법이 될 것 같다. 그렇게만 되면 누구나 근사한 열반송(涅槃頌, 고승들이 입적할 때 수행을 통해 얻은 깨달음을 후인들에게 전하는 마지막 말이나 글) 하나쯤 남길 수 있을 것 같다.

나무, 뒷사람에게 모범을 보이다

내가 심는 나무 갯수만큼 푸른 그늘은 늘어난다

도심 종로 우정국로와 조계사 주변의 커다란 소나무들은 옮겨 심은 지 일 년도 채 되지 않았다. 그럼에도 본래 있었던 것처럼 잘 어울린다. 지난겨울 흰 눈을 머리에 이고 서 있는 그 모습에 취하여 들고 있던 찻잔이 식는 줄조차 몰랐다. 하긴 이 동네의 또 다른 이름은 수송동壽松洞이 아니던가. 이를 증명이라도 하듯 천연기념물 백송白松은 큰 법당 옆에서 오랜 세월 풍상을 버텨오며 그 이름값을 하느라고 여전히 그 기상이 당당하다.

중국 파두산의 소나무도 그랬다. '재송栽松'이라고 불리는 노승이 그 산에 살면서 심어놓은 것들이었다. 그는 당시에 이름 없는 뒷방노장이었다. 틈만 나면 소나무를 심는 것으로 수행을 대신했다. 그런 까닭에 주변에서 그를 '소나무 심는(栽松) 도인'이라는 별명으로 불러주었다.

그러던 어느 날 문득 공부가 하고 싶었다. 스승의 방으로 달려가 법문을 청했다. 그러나 돌아온 대답은 "나무나 열심히 심으라"였다. 그 이유는 간단했다. 머리가 허옇고 눈가에 주름이 가득하며 손에 굳은살이 박인 그를 새삼 공부시킨다는 것도 어렵거니와 설사 가르친다 한들 곧 다비장으로 가야 할 형편이었기 때문이다. 이를 눈치 챈 그는 인위적으로 몸을 바꾸기로 결심했다. 그리고 원하는 바대로 다시 태어났다.

그는 다섯 살 어린 몸으로 재출가했다.

"스승님! 재송栽松이가 왔습니다."

"무엇으로 그걸 증명하려는가"

아이는 방 앞의 소나무를 가리키며 말했다.

"제가 심은 것입니다."

그 이후 열심히 수행했고 나중에는 스승을 이어 그 산문의 방장이 되었다. 그리고 문하에서 유명한 육조혜능638~713 선사를 배출했다. 나무를 부지런히 심은 복이 그를 스스로의 의지대로 환생케 하고, 또 수많은 제자를 길러낸 것이다.

요즈음 방방곡곡에 개인이 만든 식물원과 수목원이 보통사람들에게도 적지 않은 관심과 시선을 누리고 있다. 어느 부부가 삼십여 년 동안 가꾸었다는, 섬 전체가 식물원인 남해 작은 섬의 해상농원은 이미 유명 관광지 반열에 올랐다. 그들의 헌신과 희생 없이는 나무와 인간이 공존할 수 없었다. 임제 선사는 나무 심는 이유를 "산문의 경치를 가꾸고 동시에 뒷사람에게 모범을 보이기 위한 것"이라고 했는데, 이는 모든 독림가篤林家들의 마음을 대변한 것이라 할 수 있다.

나무 사랑의 제일인자는 일본의 대우양관1758~1831 선사일 것이다. 어느 날 머물고 있는 방의 마루 밑에서 죽순이 올라왔다. 점점 자라 마룻바닥에 닿을 정도가 되었다. 그러자 마루를 그만큼 잘라내어 대나무가 뻗어나갈 수 있도록 했다. 문제는 거기서 끝나지 않았다. 점점 더 자라더니 마침내 천장까지 닿을 정도가 되었다. 그러자 이번에는 다시 천장마저 뜯어내 대나무가 뻗어 올라갈 수 있도록 배려했다. 거기까지는 좋았다. 하지만 날씨가 궂으면 문제가 달라진다. 그럼에도 선사는 그 구멍으로 비가 들이쳐도 눈이 내려도 아무 일 없다는 듯 태연하게 말했다.

"야! 대나무가 많이 컸구나. 많이 컸어."

하긴 모든 것은 가치의 우선순위를 어디에 두는가에 달려 있다. 그는 그걸 몸소 보였을 뿐이다.

사람도 그렇지만 나무에도 어울리는 자리가 있다. 작년 이맘때쯤 산불로 인하여 소실되어 모든 이의 가슴을 아프게 했던 천년 고찰 낙산사는 굴참·물푸레·상수리나무 등 불에 강한 수림대를 새로 조성하는 계획을 진행하고 있다. 또 해인사는 고려대

장경의 경판 재료인 자작나무 등을 이번 봄에 가야산 일원에 심었다. 하지만 심는 것 못지않게 가꾸는 일이 더 중요하다. 왜냐하면 나무는 삼십 년 이후에야 화답한다고 하니까.

고샅길에서 마주친 능소화

인간에게는 물이지만 물고기에게는 공기, 업이 주는 판단의 한계

영남 땅 비슬산 언저리에 머물고 있는 도반의 병문안을 마치고 나오는 길에 동구의 '인수문고仁壽文庫'로 유명한 남평 문씨의 고택을 찾았다. 뜨거운 여름 고풍스런 황토담장 너머 능소화가 고샅길 바깥으로 흘러넘치듯 너울너울 피어오른다. 넌출이 솟아올라 하늘까지 가 닿을 듯한 까닭에 '능소凌霄'라고 했다는 고인들의 말을 새삼 실감하게 된다.

서울 도심 조계사 한편에 있는 낡은 이층 일본식 기와집의 담장에도 이즈음이면 그 꽃이 피어난다. 도심에서도 그 꽃은 여전히 여름을 지키고 있는 셈이다.

그 정열적인 기상과 더불어 붉은 색깔 그리고 도발적인 생김새가 보통사람 눈에도 예사롭지 않다. 한 궁녀의 상사병이 결국 꽃으로 화化하여 죽어서도 임금의 모습과 발소리를 그리워하며 담장 앞에서 기다리는 모습으로 바뀌었다는 전설은 듣는 이로 하여금 아름다움보다는 처연한 마음을 먼저 일어나게 만든다.

혹자는 '기생꽃'으로 불렀다. 늘 화려한 자태로 요염함을 자랑하며 마지막까지 그 모습 그대로 떨어지기 때문이다. 화려한 조명을 뒤로 한 채 어느 날 갑자기 사라지는 연예인의 삶 속에서도 그 꽃을 떠올리게 된다.

소설 《능소화》는 안동에서 발견된 사백여 년 전 이응태 씨 부인의 애틋한 사랑이 담긴 '원이 엄마의 편지'에 작가적 상상력을 덧붙여 편지 원문에는 한마디도 없는 '능소화 곱게 피던 날 만나 능소화 만발한 여름날 이별한 응태와 여늬'로 승화시킨다. 그리고 시인 이해인 수녀는 "……나도 모르게 가지를 뻗은 그리움이 자꾸자꾸 올라갑니다……"라고 하면서 능소화 연가를 불렀다. 우리나라의 남과 북을 아울러 제일이라는 '강호 능소화'는 황해도 배천군 강서사 경내에 있다. 북한의 천연기념물로 지정되어 있다고 하는 걸로 봐서 절집 능소화의 역사도 만만찮다고 하겠다.

얼마 전 비구니 절에서 원고 청탁서를 보내왔다.

"……이곳 ○○사에서는 '양반꽃'이라고 불리는 능소화가 장맛비 속에서도 화려한 빛을 내뿜고 있습니다. 다른 꽃들이 시들시들 제 색을 잃고 초라하게 지는 것과는 달리, 어느 날 '뚝' 하고 떨어져 그 꽃이 그대로 생을 마감하고 마는 그 우아하고 처연한 모습에서 석가모니의 남김 없는 열반을 보게 됩니다……."

그 글을 보면서 요즈음 젊은이들 표현을 빌자면 '양반꽃'이란 단어에 '필'이 꽂혔다. 일반적으로 능소화의 여성적 이미지에 반反하기 때문이었다. 꽃말이 '명예'이고 양반집 마당에만 심었다. 혹여 평민들이 가꾸면 벌을 내렸다는 기록이 있는 걸로 봐서 예전에는 아무나 심어놓고 즐길 수 있는 꽃이 아니었던 모양이다. 그럼에도 불구하고 그 꽃에서 '양반'이란 이미지가 느껴지지 않는 것은 내가 양반 축에 끼지 못한 까닭인가 보다.

사실 성姓이 없는 꽃을 보며 각각 여성미나 남성스러움을 찾아낸다. 이게 업이다. '물'을 두고서도 사람들은 그걸 물로 보지만 물고기는 그렇지 않다. 사람으로 치자면 '공기'정도로 인식한다고 한다. 하늘에 사는 천신들에겐 물이 투명한 '얼음'으로 보인다고 유식론唯識論은 말하고 있다. 같은 물을 보면서도 각기 자기의 처지에 따라 달리 볼 수밖에 없다.

모자가게 주인은 그 사람이 쓰고 있는 모자로 그의 미적 안목, 경제 수준 등 모든 것을 파악해낼 수 있다고 믿는다. 하지만 모자 쓰기를 거부하는 사람에게 그 잣대는 아무런 소용이 없다. 또 모자에만 유별나게 집착하여 그것에 대한 투자를 아끼지 않는 '부분적 명품족'에게도 적용할 수 없는 판단의 한계는 어쩔 수 없는 또 다른 업이기도 하다.

내가 머물고 있는 토굴에도 올봄에 능소화 한 줄기를 옮겨 심었다.

'저게 언제 커서 담장을 넘어가나' 하고 생각해보는 한여름 오후다.

생일,
나를 다시 태어나게 하는 날

내 몫의 등불을 켜고 나를 돌아보다

요즈음 가야산 입구 홍류동천 십 리 길은 온통 연등 불빛으로 가득하다. 밤늦게 해인사로 돌아올 때에는 그 빛이 별빛과 어우러져 하늘과 땅을 함께 밝히고 있음을 더욱 실감하게 된다. 불빛이 첩첩산중의 칠흑 같은 어둠을 몰아내듯 성인께서는 그렇게 세상의 모든 어리석음이라는 어두움을 반야의 불빛으로 몰아내기 위하여 이 땅에 오셨던 것이다. 그래서 그 뒤 이천오백여 년 동안 당신이 오신 날 연등 하나 불 밝히는 것으로 우리는 그 광명을 흉내 내고 있다.

하지만 그마저도 잠시 하루 정도 의미를 기억했다가 이튿날 또 모든 걸 깜깜하게 잊어버리고서 어김없이 자기의 본래 사고방식과 습관으로 되돌아가 대충대충 살아가게 된다.

중국 고대의 성군 탕왕은 세숫대야에 '날마다 새로워지자'라고 써놓고는 아침마다 세수하면서 마음도 함께 씻었다. 얼굴의 때뿐만 아니라 마음의 때도 함께 제거했던 것이다. 이름이 전하지 않는 어느 고승께서는 "오늘은 내가 출가한 날이다. 어머니한테 몸을 받은 육신의 생일이 이미 있지만, 부처님의 법을 만나 다시 태어난 정신적 생일은 바로 오늘이다"라고 말씀하면서 그날을 기념하는 뜻에서 속옷부터 겉옷까지 다 새롭게 갈아 입으셨다. 몸이 태어난 생일도 물론 중요하지만 정신적 생일에 더 큰 의미를 부여하신 셈이다.

사실 그렇다. 곰곰이 따져보면 부처님의 태어남이 의미를 가지는 것은 성도절이 있기 때문이다. 성도절이 없다면 부처님도 이 세상에 태어난 여느 범부와 다를 바 없다. 저명한 사람이 죽으면 신문에 대문짝만하게 기사가 나지만 훌륭한 사람이 태어났다는 사실을 확인해 주는 기사는 한 줄도 볼 수 없다는 것이 이를 반증한다. 태어남이 제대로 의미를 가지기 위해선 태어났다는 사실 그 자체보다 그 이후 삶의 궤적을 얼마나 더 의미 있게 만들어가느냐에 달려 있는 것이다.

부처님이 오신 날을 다시금 제대로 되새기는 것은 현재 서 있는 그 자리에서 나를 다시 태어나게 하는 일이다. 즉 스스로를 새롭게 정비해보는 일이다. 탕왕처럼 아침마다 세수하면서 마음을 거듭나게 하는 것도 좋은 방법일 것 같다. 이암유권?~1180 선사처럼 해가 지면 '오늘 하루도 헛되이 보냈다'고 하면서 두 발 뻗고 대성통곡하며 자기를 질책하는 것도 스스로 거듭나게 하는 방법 가운데 하나일 것이다.

부처님오신날을 이천오백사십여섯 번이나 맞으면서 다시금 나를 되돌아본다. 어떻게 사월초파일을 맞이하는 것이 제대로 맞이하는 것일까? 이날을 부처님의 생신이라는 의미는 말할 것도 없고 어떻게 해야 나의 생일로 만들어갈 수 있을 것인가? 오늘 내 몫의 등불 하나를 켜면서 주변 모두에게 던져보고 싶은 화두다.

한 그릇의 밥

먹은 밥그릇 수만큼 잘 살고 있는가

서점에 들렀다가 나와 같은 세대의 소설가가 쓴《어머니의 수저》라는 음식 이야기책에 손이 갔다. 가지고 와서 시간 나는 대로 몇 페이지씩 읽어 내렸다. 거기에 참으로 인상적인 표현이 나온다. 평생 바람만 피운 어느 플레이보이 노인네에게 임종할 때 "가장 기억에 남는 여자가 누굽니까?"라고 물었더니 "매끼 정성 다해 따뜻한 음식을 차려주던 그 여자"라고 대답했다.

먹고사는 일은 승속을 떠나서 참으로 큰일이다. 오죽하면 '생사일대사는 밥 먹는 일'이라고 하겠는가. 외국에 나가 오랫동안 살았던 스님은 대중처소에 와서 제일 좋은 일이 '내 손으로 밥 해 먹지 않는 것'이라고 했다. 뭘 먹을까 걱정하지 않아도 되고 북소리, 종소리에 맞추어서 큰방으로 가기만 하면 되는 것이 너무 좋다고 했다.

하긴 남이 차려줄 때는 차려주는 일의 고마움을 모른다. 그때는 그것도 내 복이려니 하며 그냥 '남을 위해서 먹어주는 것'처럼 여긴다. 그것도 하기 싫어 큰방 공양에 빠지면 어른스님에게 '차려놓은 밥도 안 먹는다'는 지청구를 듣기 마련이다. 어른스님의 지청구는 늘 승려 노릇이란 '예불공양 잘하는 것'으로 끝맺는다. 그때는 그런가 보다고 생각했는데, 세월이 지나 이제 귀밑털이 희끗희끗해지는 나이가 되어보니 정말 옳은 말이라는 생각이 든다.

부득이한 사정으로 대중을 떠나 사는 스님들에게 한 끼 한 끼 해결은 바로 수행에 다름 아니다. 토굴에서 밥 해먹으며 혼자 살다 보면 살림하는 마을 여자들의 심정을 알게 된다고 한다. 아침을 먹고 나면 점심 준비할 시간이 되고, 어영부영하다 보면 저녁 시간이고, 저녁 먹고 설거지를 마치면 잘 시간이다. 왜 하루에 한 끼만 먹는 일종식이 나왔는지 절로 알게 된다. 귀찮아서 하루에 두 끼, 그것도 나중에는 한 끼만 먹게 되는 것이다.

그러나 시간이 지나면서 그 한 끼조차 귀찮아지기 마련이다. 그럴 때면 '진짜 열심히 정진하면 천신이 하늘에서 공양을 가져다준다고 하던데……'라는 생각이 들게 된다. 스님이라면 누구나 한 번쯤은 선녀가 매끼까지는 아니더라도 하루 한 끼라도 밥을 가져다주는 상상을 해본 적이 있을 것이다.

그런데 실제로 그런 천녀공양天女供養을 받았다는 스님들이 더러 있다. 신라의 자장 율사가 그랬고 중국의 도선 율사가 그랬다. 그런데 중생심은 그 천공 받는 일을 자랑하고 싶기 마련이다. 교과서적인 두 스님은 동시대의 경쟁자이면서 자유분방하게 사는 원효 스님이나 규기 법사가 내심 못마땅했다. 그들이 찾아왔을 때 천공 받는 것을 보여 주면서 승려 노릇 좀 잘하라고 훈계하려 했는데 웬걸 그날은 천공이 내려오지 않는 것이었다.

도선은 현장 법사의 수제자인 규기를 존경하면서도 한편으로는 그의 수행관을 의심했고, 규기 역시 도선의 앞뒤가 꽉 막힌 소견머리를 얕잡아보았다. 하지만 그가 천공을 받는다는 사실은 내심 부럽게 여겨, 어느 날 도선의 처소를 방문하여 천공을 함께 받고자 했다. 하지만 진종일 그와 있어도 천공이 오지 않았다. 규기가 떠나고서야 비로소 천공이 왔다. 도선은 천녀를 꾸짖었다.

"어찌하여 때맞추어 가져오지 않았는가?"

"게을러서가 아니라 오늘 규기 스님과 이야기할 때 백호광명이 온 누리에 가득하여 들어올 길을 찾을 수 없었습니다."

이후로 도선은 규기를 마음으로 존경하게 되었다. 자장도 마찬가지였다. 원효가 돌아가고 뒤늦게 온 천신으로부터 '호법신장이 지키고 있어서 들어올 수 없었다'는 변명을 들은 후 그 역시 원효에 대한 태도를 바꾸었다.

천공으로 인하여 서로의 공부 경지를 확인하게 되었으니 이

때 밥은 단순한 밥이 아니었다.

그나저나 이 일요일 아침을 거르고 있는 나에게는 어느 선녀가 천공을 가져다줄까.

위기가 닥치면
경전을 외워라

공부가 익으면 믿음이 깊어진다

손오공, 저팔계, 사오정을 거느리고 여행하는 한 스님이 주인공인 《서유기》는 명나라 때 오승은이 지은 장편소설이다. 이 소설의 모태가 된 것은 당나라 현장600~664 법사의 구법 여행기인 《대당서역기》다. 현장 법사가 어렵고 힘들 때마다 불보살의 가피력으로 이를 극복하는 과정이 한 소설가의 눈에도 예사롭게 비치지 않았던 모양이다. 이를 이야기 형식으로 재구성하여 구법의 어려움을 대중에게 자연스럽게 전달한 소설가의 신심과 원력 또한 높이 평가받아야 할 것이다. 역경의 근본 목적은 경전의 대중화에 있다. 구법 과정의 어려움까지 대중과 공유하고자 하는 그 작가 역시 어찌 보살의 화현이 아니겠는가.

중국 역경사에서 가장 큰 업적을 남긴 사람이 현장 법사라는 평가에 대해서는 아무도 이의를 제기하지 않는다. 그만큼 그는 이 분야에서 독보적인 존재다. 그는 열세 살 때 낙양 정토사로 출가한 뒤 십오 년 동안 여러 선지식을 찾아다니면서 공부했으나 스승들 간의 이설異說을 해결할 방법이 없음을 한탄했다. 그리하여 원전을 연구하기 위해 인도 유학을 결심했다. 당 태종은 위험한 서역 길로 보낼 수 없다며 결사적으로 반대했지만 당신의 구도 열정을 꺾을 수는 없었다. 임금도 모르게 일을 도모하기로 마음을 굳힌 그는 함께 따라가겠다는 제자 수십 명만 데리고 629년 8월 장도에 올랐다. 출발하면서 절 앞에 있는 소나무를 향하여 비장한 고별시를 남겼다.

> 나 이제 서쪽 나라 천축으로 가노니
> 가는 길 험난하여 목숨을 잃거나
> 천축에 가서 다시 오지 못할지라도
> 소나무야, 너만은 천 년 만 년 잘 자라다오.

돈황의 국경을 넘고 사막을 지나 겨우 계빈국(카슈미르)에 이르렀다. 산속에서 해가 저물자 안개가 자욱하고 주변에는 짐승 울음소리가 요란했다. 멀리 불빛이 가물거리는 곳으로 가서 보니 폐허가 되다시피 한 조그마한 암자가 있었다. 하룻밤 묵어갈까 청하고자 했으나 인기척이 없었다. 희미한 신음 소리를 따라가 문을 여니 늙고 병든 스님이 혼자 누워서 죽기만을 기다리고 있었다. 천축 가는 길이 바쁘긴 하지만 그대로 내버려두고 가는 것은 사문의 도리가 아닌지라 그대로 눌러앉아 머물게 되었다. 지극 정성을 들인 덕분에 노스님은 얼마 지나지 않아 원기를 회복하기 시작했다.

얼마 뒤 현장 법사가 다시 길을 떠나려 하자 노스님은 감사의 뜻으로 범어로 된 반야심경을 한 권 주면서 그 내용을 설해주었다. 그리고 어려울 때마다 이 경을 외우면 부처님의 가피를 입을 수 있을 것이라는 당부도 곁들였다. 현장 법사는 환희심으로 반야심경을 외우면서 길을 나섰다.

인도 땅에 도착하여 한숨을 돌리고는 갠지스 강 상류를 통과하는데 그곳의 원주민들이 떼거리로 몰려나와 다짜고짜 현장 법사를 포승줄로 단단히 묶어버렸다. 그는 어이가 없었지만 까닭이나 알고자 하여 그동안 배운 인도말로 떠듬떠듬 그 까닭을 물었다. 그러자 원주민들은 "물의 신에게 제물로 바치기 위해서"라고 답변했다. 그날은 공교롭게도 갠지스 강 신에게 제사를 지내고 풍년을 기원하는 날이었다. 사실 죽고 사는 것이야 별것 아니지만 경전도 구하지 못한 채 낯선 땅에서 수장水葬된다고 생각하니 예삿일이 아니었다.

'전생에 지은 업장이 두터워서 따라온 제자들을 다 죽게 하고 이제 나까지 죽게 되었으니 다생겁의 업이 얼마나 두텁기에 이런가' 하면서 현장 법사는 마음속 깊이 지극 정성으로 참회했다. 그때 마침 어려울 때 반야심경을 외우라고 했던 노스님의 말이 기억났다. 현장 법사는 반야심경을 크게 소리 내어 세 번 외웠다. 그 순간 하늘에 새까만 구름이 몰려오고 회오리바람이 일면서 천지가 진동하기 시작했다. 이에 대경실색한 주민들은 부랴부랴 스님을 풀어주고는, 도인을 알아보지 못하고 무례한 짓을 저지른 데 대해 머리를 조아리며 백배사죄했다.

나의 혀는 절대 타지 않으리

보살은 타인을 이롭게 하고 자신의 일은 잊는다

역경사적譯經史的 관점에서 전형적인 서역인으로서 모든 조건을 완벽하게 갖춘 사람은 구마라집일 것이다. 그는 고대 중앙아시아의 오아시스 국가인 쿠차의 왕족 출신으로 인도로 유학가서 대승·소승불교를 체계적으로 공부했고, 뒷날 중국 장안에서 불경의 한역을 주도한 대역경가다. 인도와 중국을 매개하는 서역 출신인 그는 역경의 더없는 적격자로서 그 몫을 다하였다. 그는 어릴 때부터 수다원과를 얻은 비구니 스님인 어머니에게서 영재 교육을 받았다. 모친의 감독 아래 끊임없이 경전을 암기해야 했다. 어린 그의 학문 진보에는 어머니 기바 스님도 놀랄 지경이었다.

하루는 어린 구마라집이 길을 가다가 아주 큰 발우를 발견하고는 신기한 마음에 머리 위로 들어 올렸다. "발우는 이렇게 큰데 어째서 이다지도 가벼울까"라고 생각한 순간 무거워서 이고 있을 수가 없었다. 엉겁결에 소리를 지르면서 내려놓았다. 이에 어머니는 "네 마음속에 분별하는 마음이 일어났기 때문에 발우의 가볍고 무거움이 생겼을 뿐이니라"라고 설명해주었다.

어머니는 일곱 살인 아들 구마라집을 출가시켜 아홉 살에 인도의 계빈국으로 유학을 보낼 때 함께 따라갔다가 열두 살이 되던 해에 같이 귀국했다. 구마라집이 스무 살이 되던 해에 다시 인도로 공부하러 떠나면서 모자는 이별을 하게 된다. 그녀는 아들에게 당부했다.

"방등方等의 깊은 가르침을 중국에 널리 펴지 않으면 안 된다. 그것을 어떻게 전하는가 하는 일은 오직 너의 힘이지. 하지만 너 자신에게만은 아무런 이익도 없을 것이다. 어떻게 하겠느냐?"

그러자 아들은 이렇게 대답했다.

"보살은 타인을 이롭게 하고 자신의 일은 잊을 따름입니다. 만일 큰 법을 전할 수 있어 진리에 어두운 어리석은 사람을 구제할 수 있다면 제 몸이 뜨거운 가마에서 불에 타는 고통을 받아도 여한이 없을 겁니다."

인도 유학을 마치고 고향으로 돌아오니 이미 서역 불교를 대표하는 유명한 인물로 그의 명성이 중국에까지 알려졌다. 그러나 그런 소문은 이내 화근으로 변했다. 고국이 그 때문에 전쟁의 소용돌이에 휘말렸다. 전진의 왕인 부견338~385은 쿠차 지방에 칠만 명의 병력을 보내어 선전포고를 했다.

"이 전쟁은 덕을 갖춘 사람을 초청하기 위한 것이다. 짐이 듣건대 서역에 구마라집이라는 인물이 불교의 진리에 정통하여 후학의 모범이 되고 있다고 한다. 어진 사람은 나라의 큰 보물이다. 쿠차를 쳐서 구마라집을 초청해 오라."

총사령관은 여광이었다. 쿠차는 이내 정복당했고 구마라집은 포로가 되었다. 그의 나이 서른다섯 살이었다. 그런데 황당하게도 여광의 군대가 귀국하기도 전에 본국이 망해버렸다. 돌아갈 곳이 없어진 여광은 고장 지방에 터를 잡고 후량을 건국했다. 그러나 그 나라 역시 내부의 혼란이 겹쳤다. 그런 가운데 구마라집은 포로 생활을 하면서 착실히 중국어를 익혀 사상적 체계를 가꾸어갔다. 구마라집의 주변에 승조384~414 등 많은 인재들이 모여들기 시작했다. 이때 숭불천자崇佛天子로 불리는 후진의 왕 요흥366~416이 등장하여 고장을 평정한 뒤 구마라집과 그의 제자들을 장안으로 모셔갔다. 구마라집의 나이 쉰세 살 때였다. 서역 쿠차에서 중국 장안까지 오는 데 무려 십칠 년이 걸린 셈이다. 그런 보림(保任, 깨달은 뒤에 더욱 갈고 닦는 수행법)의 세월이 뒷날 대단위 역경 작업을 가능하게 한 자양분이 되었다.

그는 탄탄한 외국어 실력을 갖춘 데다 수행 경지가 높고 깊었다. 중국 스님들과도 물과 우유처럼 잘 융합했다. 이 모든 것이 어우러져 그가 장안의 소요원과 대사에 머무는 동안 적을 때는 팔백 명, 많을 때는 삼천여 명의 제자를 거느리고 십 년(401~409)이라는 길지 않은 시간에 (《개원석교록》에 따르면) 74부 384권이라는 많은 분량을 번역할 수 있었다.

그가 인도 원문을 손에 들고 입으로 번역을 하면 다른 스님들이 세번 되풀이해서 읽으며 확인했다. 정성스럽게 다듬고 연구하여 원전의 뜻을 제대로 전하려 한 까닭에 문장은 간략하면서 잘 통했고 의미 또한 분명했으며 어려운 말도 명백하게 드러났다. 특히 스스로 잘 알지 못하는 경전을 번역할 때는 더욱 신중하게 다루었다. 화엄경 십지품인 《십주경十住經》의 번역을 부탁받고서는 한 달 동안 스승인 불타야사를 청해 상의한 뒤 경전의 대의를 분명히 알고 나서야 비로소 번역을 했다.

또 그가 번역하고자 하는 경전이 이미 번역이 되어 있을 경우 새롭게 정정하면서 옛 번역의 장단점을 알고 나서야 취사선택을 했다. 곧 인도 원문과 기존 번역문을 놓고 중국말로 읽어 내려가면서 두 가지 서로 다른 음을 풀이하고 문장의 의미를 번갈아 가며 해명하여 뜻이 쉬우면서도 종지를 나타낼 수 있도록 했다. 서역본의 음역이 부정확한 곳은 인도어를 사용하여 정정하고 중국어의 번역이 틀린 곳은 다른 적당한 언어를 찾아 정리했다. 변화가 필요 없는 곳은 바로 기록하고 이명異名은 바르게 고쳤는데 고친 서역 음이 반 이상이니 이는 실로 번역자의 공정 근엄함이요, 집필의 신중함 바로 그것이다. 그의 유언에는 역경가로서의 자신감과 아울러 고뇌가 절절히 배어있다.

“내가 번역하여 전한 경전은 모두 충실하다. 여러분과 함께 번역한 경전이 후세까지 널리 사람들의 손에서 손으로 전해져 읽히길 바랄 뿐이다. 지금 여러분에게 진심으로 고하노니 만일 나의 번역에 오류가 없다면 내 시신을 화장한 뒤에도 혀가 타지 않을 것이다.”

다비식 때 장작이 다 타고 시신이 형체를 잃었지만 오직 그의 혀만은 그대로 남아 있었다고 한다.

부처님이 남긴 이십 년의 그늘

복을 남겨 제자들에게 돌려주다

해인사에서 국도를 따라 대구로 가다 보면 고령 못 미쳐 '쌍림'이라는 마을이 나온다. 아마 동네 어디엔가 큰 나무 두 그루가 나란히 서 있는 모양이다. 부처님 열반지의 사라쌍수처럼.

쌍림, 즉 사라쌍수는 부처님 열반 소식에 나무가 하얗게 말랐다고 전해진다. 그래서 중국 사람들은 학림鶴林이라고 번역했다. 나무가 하얗게 마르는 걸 학이 가지에 가득 앉은 것으로 비유한 그 적극적 상상력은 가히 탁견이라 아니할 수 없다. "이 까만 숯도 언젠간 하얀 눈을 이고 있던 나뭇가지였겠지"라는 일본 시가처럼 말이다.

언젠가 팔공산 기기암에 갔더니 마당에 두 그루의 큰 나무가 하얀 꽃을 가득 달고 서 있었다. 그걸 보자 학림이라는 사라쌍수가 떠올랐다. 부처님은 돌아가시면서 법왕으로서 국왕의 장례식에 준하도록 아울러 부탁했다. 강원에서 1년차 과정을 배울 때 서울 강남의 봉은사 영암 스님 다비식에 모든 산내 대중이 참여하게 되었다. 영암 스님은 해인총림의 기초를 놓은 초창기 공덕주다. 내가 최초로 본 큰스님 다비식이었다. 의식의 장엄함은 국장國葬을 연상시키고도 남았다. 이렇게 장례식이 화려한 것은 부처님의 유언 때문이라는 것을 뒷날 알게 되었다.

다비장은 단순한 장례 공간이 아니라 공부하는 곳이다. 병원 영안실이나 화장터에서 망자를 위해 염불이라도 다녀오는 날은 정말 무상을 실감하게 된다. 재산과 명예 그리고 사랑하는 가족들을 포함한 모든 소유물을 버려둔 채 한 줌 재만 남기고서 허공으로 돌아간다. 눈 밝은 선사들은 부처님의 다비장에서도 후학들을 위하여 화두를 제시했다. 입관이 이미 끝났는데 뒤늦게 도착한 가섭 존자가 부처님의 법신 뵙기를 원하니 그와 그 일행들을 위하여 '관 속에서 두 발을 내밀어 보였다'는 곽시쌍부槨示雙趺가 바로 그 공안이다.

중생의 마음이 부처님이 오래 이 세상에 머물러주시기를 바라는 건 당연하다. 부처님은 열반에 드실 뜻을 세 차례나 아난 존자에게 말씀했다고 한다. 곁에서 부처님을 모시는 시자라면 당연히 그때마다 "오래오래 이 세상에 머무시어 무수한 사람이 이익과 안락을 얻게 하셔야지요"라고 간곡히 부탁했어야 했다. 그런데 시자인 아난 존자는 무슨 일인지 가만히 있으면서 아무런 대답도 하지 않았다고 한다. 한두 번도 아니고 세 번씩이나. 가섭 존자는 이 부분을 서운케 여겼던 것이다. 그러자 아난은 부처님의 그 말씀을 듣지 못했노라고 변명했다.

"사형스님! 내가 일부러 그런 것이 아니라 마魔가 내 마음에 붙어 나로 하여금 부처님의 그 말씀을 듣지 못하게 하여 이 세상에 더 머무시도록 청하지 못하게 한 것입니다."

부처님이 돌아가신 것이 아난이 말리지 않았기 때문은 아니겠지만, 어쨌거나 아난은 이 일로 대중 앞에서 참회를 하게 된다. 선종에서는 이를 적극적인 의미로 받아들였다. 즉 세존은 본래 백수를 누리셔야 했다. 그러나 일부러 여든 살에 열반에 드셨다. 왜일까? 당신이 누릴 이십 년의 복을 남겨서 남아 있는 제자들에게 돌려주기 위한 자비심 때문이라는 것이다. 이를 우리는 '세존 이십 년의 남아 있는 그늘(유음遺蔭)'이라고 부른다. 그 복으로 진리의 수레바퀴가 오늘까지 굴러올 수 있었다는 입장을 견지하였다.

두 줄기 눈물

스승이 닦아준 길, 제대로 걷고 있는가

> 산호베개 위를 흐르는 두 줄기의 눈물이여!
> 한 줄기는 그대를 그리워하는 것이요,
> 한 줄기는 그대를 원망하는 것이라.

수절하는 과수댁의 마음을 읊은 것 같기도 하고, 실연당한 남정네의 연시 같기도 하다. 사랑과 미움이란 동시 교차하기 마련이다. 애愛와 증憎은 동전의 양면처럼 둘이 아니다. 흔히 가장 비참한 사람은 미움 받는 것이 아니라 잊힌 경우라고 한다. 고전적인 의미의 미움은 언젠가 돌아오리라는 희망의 여지를 담고 있다는 한계를 가진다.

반면에 잊힘이란 완전히 한 사람의 기억 속에서 사라짐을 말한다. 따지고 보면 거기서는 밉고 말고 할 것이 없다. 계산 빠른 이즈음 세대들은 미움을 당하느니 차라리 잊히는 게 낫다고 생각한다는 점에서 어찌 보면 훨씬 선禪적이다.

그런데 이 선시는 두 눈에서 흘러내리는 눈물을 한 줄기씩 나누어서 자기감정을 이입한 표현도 멋있거니와 미움과 그리움이라는 감정의 양면성을 동시에 간파한 탁월한 중도中道 법문이기도 하다. 물론 이 연시의 대상은 부처님이다. 작가는 송나라 때 만암치유 선사. 부처님오신날 거룩한 말씀을 마치고서 마지막 마무리로 내린 게송이다. 이는 부처님에 대한 솔직한 애증의 마음을 동시에 드러낸, 그래서 어찌 보면 참으로 제대로 된 찬탄이라고 하겠다. 일방적인 칭송은 찬탄이 아니라 아부에 가깝게 되어버리는 것이 세상 언어이기 때문이다.

깨친 성인을 임으로 여기며 혼자 사는 수행자들에게 불조佛祖는 존경의 대상이지만, 때로는 잠시나마 원망의 대상이 되기도 한다. 수도 생활이 만족스러울 때에는 '부처님 따따봉'이지만, 365일 늘 그럴 수만은 없기 때문이다. 애초에 제가 생긴 대로 살도록 내버려둘 일이지 괜히 세상에 출현하시어 '너도 부처인데 왜 중생 놀음을 하고 있느냐'는 일갈에 '나도 부처 되리라' 다짐하며 수많은 이들이 집을 나왔다.

재가자의 신분으로 머리카락을 가진 채 도인의 위치까지 올랐고 나중에는 모든 가족을 깨달음의 세계로 인도한 방온 거사. 그가 처음에는 관리를 뽑는 과거시험장으로 가다가 마조 선사의 선불장選佛場, 부처 뽑는 집으로 발길을 돌린 일은 유명하다. 그 자리에 같이 있었던, 뒷날 단하천연739~824 선사라고 불리는 수

재 거사 역시 그 길로 출가를 한다. 장안長安으로 가던 도중 주막에서 만난 한 선승으로부터 관리가 되기 위한 과거보다는 부처가 되기 위한 과거가 더 훌륭하다는 이야기를 들은 것이었다. 그 한마디가 잔잔한 호수에 평지풍파를 일으킨 격이라고 하겠다.

이런 상황을 보고서 후일까지 입을 닫고 있을 선사들이 아니다. 엄숙한 부처님오신날 모두가 연등을 올리면서 진리의 길을 밝혀주신 그 공덕을 찬탄하고 있는데, 아니나 다를까 송대 절조감絶照鑑 선사는 "갓 태어난 부처님으로 인하여 천지에 가득 번뇌를 일으키게 되었다"고 하여 간땡이가 배 밖에 나온 소리를 하고 있다. 표현에 있어서 감각의 차이는 있지만 수행길이 만만찮은 일이 아님을 반어법으로 표현한 것이라 하겠다.

백번 양보해서 설사 그렇다 할지라도 이미 닦여 있는 그 길마저 제대로 찾아가지 못하는 나 자신이 오히려 원망스러워지기 마련이다. 그렇기에 역으로 당신을 그리워할 수밖에 없다. 만암치유 선사는 각각 성분이 다른 두 줄기의 눈물로써 초파일에 참회함과 동시에 우러러 추앙했던 것이다.

길은 없다,
절박하고 간절하게

삶 그 자체가 도道, 목숨을 걸고 수행하다

부처님 당시 우기를 피하기 위하여 석 달 하안거 제도가 생겼고, 중국의 총림에서는 추위 때문에 동안거가 추가되었다. 현재 조계종은 일 년의 절반은 해제요, 절반은 안거다. 하지만 해제와 안거는 둘이 아니다. 안거는 정주하면서 정진하는 것이고, 해제는 만행하면서 수행하는 것이기 때문이다. 이는 수행과 교화가 둘이 아님을 전제로 한 것이다.

하지만 한 철 단위는 뭔가 부족하다고 느끼는 용맹정진파에서는 결제結制보다 한 단계 더 강화된 결사結社도 흔히 있었다. 석 달 결제는 그 열 배인 삼년결사로 나타났다. 박산무이1575~1630 선사의 《참선경어》에 〈천일결제하고 공안참구하는 종묘스님에게 주는 글〉이 실려 있다. 근래에는 천축사 무문관 삼년결사가 유명하다.

요즈음은 백담사 무문관, 갑사 대자암 등의 삼년결사로 이어지고 있다. 성철 선사는 파계사에서 십 년 동안 동구불출했다. 여

산혜원335~417 선사는 동림사에서 삼십 년을 안거했다. 말이 삼십 년이지 평생 그 산에서 살았다는 말이다. 어느 날 찾아온 도연명과 육수정을 배웅하다가 자기도 모르게 호계 다리 건너 산문 밖에 발을 내디딘 것이 유일한 외출 아닌 외출이 되었다.

대혜 스님의 제자인 둔암종연 선사는 스승이 입적하고 난 뒤 두 번 다시 세상에 나오지 않았다. 누더기 한 벌로 추위와 더위를 이기면서 삼십 년을 한 곳에서 보냈다. 또 이름이 한 글자만 전해 오는 경 수좌는 설봉산에서 사십 년 머물면서 산문 밖을 나오지 않았다고 한다.

수도자는 동서고금을 막론하고 단절된 공간에서 오롯한 수행만을 원하는 경우가 많다. 유명한 갈멜 수도원은 평생 안거를 전제하고서 입실하며, 죽어서도 수도원 밖으로 나오지 않고 그 안에 묻힌다. 인원이 최소한으로 제한되어 있어 한 자리가 비어야만 또 한 명의 입회가 허용된다. 트라피스트 수도원은 평생 묵언수행하며 필요하다면 수화나 칠판을 이용한다. 그리고 완전한 자급자족을 원칙으로 삼고 있다.

제대로 된 무문관이라고 한다면 자급자족이 전제되어야 명실상부한 무문관이 될 것 같다. 그런 의미에서 무문관도 공동체가 되어야만 한다. '남의 힘으로 내 공부하겠다'는 생각이 눈곱만

치라도 있다면 이는 무문관 본래 정신과는 다소 거리가 있다고 할 것이다.

고봉원묘1238~1295 선사는 천목산 사자바위 서편 바위동굴에 '사관死關'이라는 패牌를 내걸었다. 무문관 중에서는 가장 비장한 이름이라고 하겠다. 죽고 난 뒤에는 남이 문빗장을 열어줄 것이다. 다행히 살아서 깨친다면 굳이 문을 열고 또다시 세상에 나오겠다는 마음조차 없어질 것이다. 하긴 나오고 말고 할 것이 뭐 있겠는가. 안팎이 둘이 아닌 것을. 그리고 해제결제도 없는 것을. 삶 그 자체가 수행이니 그렇게 살다가 그렇게 사라지면 될 것을.

죽은 사람의 뼈를 표지판으로 삼다

역경승들의 고단한 구법의 길

신심이 떨어질 때면 곧잘 구법여행기를 펴보곤 한다. 선인들의 목숨을 건 구도 행각이 구구절절이 나오기 때문이다. 중국 현장 600~664 법사의 《대당서역기》, 신라 혜초704~787 스님의 《왕오천축국전》, 일본 원인794~864 화상의 《입당순례구법기》 등은 한글로도 번역이 되어 있는지라 더욱 쉽게 접할 수 있다.

혜초 스님은 일찍이 열다섯 살 때 당나라 광주로 유학을 떠났다. 거기에서 경전을 토론하다가 불공금강 스님이 인도 여행을 권한 것이 동기가 되어, 당나라 스님들의 여행기를 구해 읽으면서 '부처님이 태어나신 나라에 가서 불교의 진리를 배워 와야겠다'고 발원했다. 열아홉 나이로 장사꾼의 배를 타고 일 년이나 걸린 끝에 갠지스 강 입구에 도착한 스님은 인도 각지를 순례하고 난 뒤 육로를 통해 십 년 만에 당나라로 되돌아왔다. 그리하여 장안의 천복사에서 밀교 경전을 한문으로 번역하는 데 노력을 기울였다. 그 과정을 기록한 것이 그 유명한 《왕오천축국전》이다.

스님께서 파미르 고원을 넘어가면서 남긴 시는 그때의 괴로움을 잘 보여준다.

> 그대는 서역 길이 먼 것을 한탄하나, 나는 동방으로 가는 길이 먼 것을 한탄한다. 길은 거칠고 눈은 산마루에 쌓였는데, 험한 골짜기에는 도적 떼가 우글거린다. 새는 깎아지른 멧부리에 놀라고 사람은 좁은 다리 건너기가 아슬아슬하다. 평생에 눈물 한 번 뿌려본 적이 없지만 오늘은 천 줄기나 비 오듯 하는구나.

인도와 중국을 가로막는 파미르 고원은 '세계의 지붕'이라고 일컬어진다. 중국에서는 이곳을 총령이라고 불렀다. '조사서래의'의 주인공인 달마 대사의 이야기에도 파미르 고원이라는 지명이 등장한다. 후위의 송운이 사신으로 갔다가 총령에서 신발 한 짝을 들고 서쪽으로 돌아가는 달마 스님을 만났다는 이야기가 그것이다. 역경승들에게 파미르 고원은 혜초 스님의 표현대로 '눈물을 천 줄기나 흘려야' 넘어갈 수 있는 구법 의지를 시험받는 곳이기도 했다.《고승전》권3 〈담무갈전〉에는 이 부분이 특히 실감나게 묘사되어 있다.

총령에 오르고 설산을 넘었다. 기후는 변화가 심하여 겹겹이 장애가 되고 층층이 쌓인 눈과 얼음은 만 리에 뻗어 있었다. 아래에는 큰 강이 있었는데 쏜살같이 급하게 흘렀으며, 동쪽과 서쪽 두 산의 허리에 줄을 매어 다리로 삼았다. 열 사람이 한 번에 건너가 저쪽 강가에 닿으면 연기를 피워 표시를 하였고, 뒷사람은 그 연기를 보고 도착했음을 알아 바야흐로 다시 나아갈 수 있었다. 만일 오랫동안 연기를 보지 못하면 곧 폭풍이 줄을 날려 사람이 강물에 떨어졌음을 알았다.

떠난 지 삼 일이 지나 다시 큰 설산을 넘었다. 깎아지른 듯한 절벽에는 안전하게 발 디딜 곳이 없었으며, 암벽의 곳곳에서 오래된 말뚝구멍을 보았다. 한 사람이 각각 네 개의 말뚝을 가졌으며, 먼저 아래의 말뚝을 빼고 손으로 위의 말뚝을 잡고 기어올라 계속해서 서로 도와 올라갔다. 하루를 보내고서야 겨우 그곳을 통과할 수 있었다. 평지에 도착해 남은 사람을 헤아려보니 스물다섯 명 가운데 열두 명을 잃었다.

파미르 고원을 넘은 최초의 중국 승려인 법현은《불국기》에서 그 애로 못지않게 사막을 건너는 괴로움을 이렇게 서술하고 있다. 이 구절은 강원 사미반의 교과서인 《치문경훈》에 주註로 인용되는 유명한 구절이다.

> 나쁜 귀신과 열풍이 많다. 이를 만나면 모두가 죽기 때문에 남는 것이라고는 하나도 없다. 하늘을 날아다니는 새도 없고 땅 위를 달리는 짐승도 없다. 사방을 바라보아도 방향조차 잡을 수 없었으며, 다만 죽은 사람의 뼈만을 표지판으로 삼을 뿐이었다.

이와 같이 험난한 산과 사막의 길을 통과하기 위해선 강인한 체력과 정신력 그리고 구도에 대한 간절함을 아울러 필요로 했다. 그 길은 세월이 얼마나 걸릴지, 그리고 살아서 다시 돌아올지도 알 수 없는 그런 길이었다.

나는 신심도 없고 체력도 없고 구도의 간절함도 부족하여 서역을 관광객 자격으로도 아직 둘러보지 못했다. 통일이 된다면 북한과 중국을 지나 서역을 거쳐 인도에 이르는 길을 달려 역경승들의 고단했던 흔적을 따라가면서 그 어려움의 일부분을 함께 나누어보고 싶다. 그리고 형편이 허락한다면 중국, 서역, 인도는 말할 것도 없고 북한까지 아우르는 종합판 《구법여행기》를 한 권 남기고 싶다.

다비장의 불길

생사가 자유롭다면 무엇엔들 자유롭지 못하겠는가

다비장의 장작더미 속에서 타오르는 불길은 슬픔이라기보다는 차라리 아름다움이다. 밤을 지새우고 나니 마지막으로 재만 남아 있을 뿐 아무것도 남아 있는 게 없다. 남은 재마저 허공으로 돌려주고 나니 그야말로 무無였다. 더불어 슬픔이라거나 아름다움이라는 마음까지도 간 곳이 없다. 저 육신의 죽음이 열반이란 말인가. 다비 뒤의 식어버린 재와 같은 마음이 열반이란 말인가. 아니면 그러한 일련의 과정을 모두 포함하는 것이 열반이란 말인가. 그렇지 않으면 또 다른 뜻이 있단 말인가.

열반涅槃은 '니르바나nirvana'라는 인도 말을 번역한 말이다. 의미가 아니라 소리만 빌려 번역한 것이다. 물론 중국에는 열반이란 말을 대신할 만한 단어가 없어 고육지책으로 만들어냈다. 굳이 번역한다면 적멸 또는 해탈이라고나 할까. 그러나 그것도 열반의 의미를 다 담아내지 못한 탓에 이제는 오히려 열반이란 말이 더 익숙해져버렸다.

니르바나의 사전적 의미는 '불어서 끄다'이다. 물론 여기에는

'불어서 꺼진 상태'까지도 포함된다. 타오르는 번뇌의 불을 끈다는 것, 즉 마음의 번뇌가 사라진 상태를 말한다. 좀 복잡하긴 하지만《잡아함경》제18에서는 이를 이렇게 설명한다.

"열반이란 탐욕이 영원히 다한 것이며, 성냄과 어리석음 그리고 일체의 모든 번뇌가 다 사라진 것이다."

이런 '마음의 쉼'은 아울러 몸의 편안함을 부수적으로 가져오기 때문에 '몸의 쉼'으로 연결되기 마련이다. 그리고 몸의 쉼은 '현재의 몸을 가진 채 휴식한다'는 의미와 함께 휴식의 한계가 명백한 몸을 영원히 버리고 진짜 휴식을 취하는 죽음이라는 이미지와 연결되기 마련이다. 부파불교의 학자들은 전자를 유여열반有餘涅槃, 후자를 무여열반無餘涅槃이라고 불렀다. 열반 속에 마음의 쉼과 몸의 쉼을 동시에 수용한 것이다.

그러나 대승학자들의 눈에는 이러한 열반의 의미가 너무나 소극적으로 비쳤던 모양이다. 그들은 몸과 마음의 쉼이 열반의 궁극적 의미일 수는 없다고 보았다. 부처님 열반의 본래 의미가 무엇인지를 찾아내고자 했다. 이미 설일체유부說一切有部, 부파불교의 대표적 교파에서는 열반을 하나의 본연의 자세인 실체적 경지로 인정하고자 시도한 바 있다. 이에 대승불교에서는 무주처열반無住處涅槃이라는 적극적이고도 이상적인 의미로 열반을 해석하고자 했다. 곧 열반을 상정하는 것 자체도 하나의 치우친 견해로 보았다.

그리하여 생사에도 머물지 않고 또한 열반에도 머무름 없는 열반을 진정한 열반이라고 보았다. 미래세가 다하도록 중생을 이롭게 하는 보살도 실천자의 수행을 무주처열반이라고 불렀다. '지옥의 모든 중생을 성불시킬 때까지 나 역시 성불하지 않겠다'는 지장보살의 열반관도 이것의 연장선상에 있다고 볼 수 있겠다. 물론 여기서 성불이란 말은 열반이라는 말과 동일한 의미로 보아도 좋을 것이다. 대승불교의 이론을 완성한 용수보살은 열반에 대하여 "습관이나 번뇌의 오염에서 벗어난 희론적멸戱論寂滅의 공성空性, 비유비무非有非無의 중도中道"라고 학문적 언어로 정리해놓았다.

이는 생사의 자유자재라는 선종의 열반관으로 이어지는데, 생사즉 열반生死卽涅槃이라는 말로도 표현된다. 열반의 전형은 물론 좌탈, 곧 앉아서 죽는 것이다. 여기서 죽는 자세가 뭐 그렇게 중요하냐고 이의를 제기할 수도 있다. 언제 부처님이 앉아서 돌아가셨느냐고 반문할 수도 있다. 문제는 죽음의 자세가 아니다. 물론 누워서 죽을 수 있지만 앉아서 죽을 수도 있을 만큼 생사에서 자유롭다는 의미에 더 비중을 두어야 한다. 또 서 있는 자세로 죽은 선사도 많다. 그것도 모자라서 물구나무 자세로 입적한 등은봉 선사는 그 자세의 압권이라 하겠다.

공부의 경지를 의심하는 구봉 수좌 앞에서 공부의 증거로 바로 그 자리에서 입적해버린 현태 수좌도 있었다. 또한 지의 선사도 소산 선사가 공부의 사용처를 묻자 그 증거로 그 자리에서 입멸해버렸다. 이를 본 소산 선사가 "다만 어떻게 가는 것만 알 뿐이지, 어떻게 오는지는 알지 못한다"라고 힐책하자 다시 눈을 떴다는 이야기도 전해진다. 한편 자기 제문祭文을 스스로 지은 뒤에 그대로 가부좌한 채 입적한 고산지원 법사도 있다. 생사가 이렇게 자유로운데 무엇인들 자유롭지 못하겠는가.

열반은 시대에 따라서 그리고 사람에 따라서 여러 가지 의미로 재해석되어 사용되어 왔다. 그러나 한결같이 전제되고 있는 것은 '최고, 최후의 완성'이라는 의미다. 삶과 죽음에서도 자유롭고 마음과 몸에서도 자유로우며, 그렇기 때문에 생사에 집착하지 않고 정신과 물질에 걸리지 않는 대자유의 상태가 바로 열반인 것이다.

물론 여기에는 지혜가 전제되어야 한다. 그 완성을 향한 미완성의 노정까지 포함되며, 완성의 세계와 미완성 세계의 양쪽을 오고 감조차 자유로운 그런 경지인 것이다. 그것은 미완성의 세계를 완성의 세계로 만들겠다는 마음인 대비대원大悲大願을 더욱 돋보이게 한다. 지혜가 바탕이 된 대비대원은 스스로를 완성시킬 뿐만 아니라 미완성의 대상 세계까지도 완성시켜 주는 또 하나의 완성된 힘이다.

나에게 열반은 무엇이어야 하는가?
이 시대에서 우리의 열반은 또 무엇이어야 하는가?

언제나 흐르는 강물처럼

두려움 없이 늘 새롭게 자기를 만들어가다

언제부턴가 고등학생은 말할 것도 없고 대학생까지 먼저 말을 붙여 오지 않는다. 하도 예뻐 보여 괜히 말을 걸면 사찰 안이라 어쩔 수 없다는 듯이 몇 마디 꼭 필요한 대답만 한다. 아마 지하철에서 그랬다면 힐끗 한번 쳐다보고 그냥 지나갈 듯한 표정이다. 반면에 중년 아줌마 팬은 기하급수적으로 늘어난다.

처음에는 도력이 높아져 아이들이 나를 못 알아보나 했는데 그게 아니었다. 내가 이미 기성세대에 편입되었다는 반증이었다. 비교적 개방적·진보적 사고를 가졌노라고 자부하던 내가 이미 구식이 되어버린 것이다. 정체된 의식은 정지된 언어를 낳는다. 정지된 언어는 세대 간의 단절을 부르기 마련이다. 그때쯤 되면 '장강의 뒷물결이 앞물결을 밀어낸다'는 말을 비로소 실감하게 된다. 어쨌거나 밀려나는 건 별로 기분 좋은 일이 아니다.

하지만 가만히 뜯어보면 앞물결과 뒷물결은 경계선이 없다. 앞물결이 앞물결이라고 자기를 규정하는 순간 그는 뒷물결과 분리된 퇴물이 된다. 가을에 캔 고구마는 열매이지만 봄이 되면 다시 밭으로 가서 씨앗이 된다. 같은 고구마이지만 열매 속에 이미 씨앗이 포함되어 있듯이, 앞물결은 이미 뒷물결을 포함하며 뒷물결 역시 앞물결을 포함하고 있다.

그렇다면 내 속의 앞물결은 무엇이며 내 안의 뒷물결은 어느 것인가? 뒷물결을 탓할 것이 아니라 스스로 흘러간 앞물결이 되지 말아야 한다. 그러기 위해선 끊임없이 자기를 업그레이드해야 한다. 뒷물결이 보고서도 앞물결인 줄 모르게 늘 새롭게 자기를 만들어가야 한다. 신문물과 신지식을 두려워하고 귀찮아할 것이 아니라 끊임없는 호기심으로 접근하고 받아들이는 열린 마음 자세가 필요하다. 그리하여 자기를 날로 새롭게 다듬어간다면 뒷물결은 앞물결이 자기와 같은 동료 세대인 줄 착각하고 함께 어울려줄 것이다.

추천의 글

원택 스님(해인사 백련암)

자기를 남에게 내보인다는 것

학창시절에 있었던 일이다.

"우리는 진짜 친구다. 무슨 못할 말이 있겠는가? 한 달에 한 번씩 모여 서로의 장단점을 말해주자. 장점은 살리고 단점은 고치도록 하자. 그리하여 남에게 좋은 인상을 주며 살아갈 수 있도록 하자!"

생각이 순수한 만큼 서로 칭찬하기도 하고 모자라는 부분 역시 허물없이 이야기했다.

사람의 일이란 생각대로만 흘러가는 건 아닌 모양이다. 처음에는 모두 진지하면서 화기애애하게 담소가 진행되었다. 그리고 모두 흡족해했다. 스스로도 몰랐던 부분까지 지적받을 때는 무안해하면서도 흐뭇해하는 자리가 되었다. 그러나 얼마 되지 않아 평가언어는 고갈되어 갔다.

우리 속담에 '세 살 버릇 여든까지 간다'고 했다. 사람이 친구의 말 몇 마디에 그렇게 쉽게 바뀔 수 있다면 무슨 문제가 있겠는가. 모임이 거듭될수록 처음의 진지함은 사라지고 서로에 대한 서운한 생각들이 나오기 시작하더니, 결국 그것이 담론의 주류가 되어갔다. 고성이 오고가면서 서로 감정의 골만 깊어갔다. 일 년을 넘기지 못하고 결국 그 모임은 취소되고 본래대로 노닥거리며 희희낙락하는 우정을 위한 친구의 모임으로 환원되어 버렸다.

가까운 친구 사이에도 좋은 일 궂은일을 이야기한다는 것이 이렇게 힘든 일이다. 하물며 대중을 상대로 좋은 말이건 듣기 싫은 말이건 그런 말을 한다는 것 자체가 보통 어려운 일이 아니다. 그리고 또 그런 자기 생각을 글로 표현하여 남에게 보인다는 것은 더더욱 쉽지 않은 일이다. 원철 스님은 수행생활을 하면서도 틈 날 때마다 글로써 그 어려운 짐을 마다하지 않았다.

스님의 글은 우선 쉽다. 일반적으로 스님네 글과 말은 한문투인지라 어렵다고들 한다. 한글세대에 어필하는 그의 글은 칭찬은 칭찬대로 나무람은 나무람대로 귀에 솔깃하고 마음 한 편을 후련하게 해주는 힘을 가졌다. 그리고 욕을 들어도 가슴에 앙금이 남지 않도록 에둘러 표현하는 능력이 누구보다도 뛰어나다. 언제 그렇게 많은 책을 읽었는지 경전과 선어록의 구석구석에서 자기가 하고 싶은 말은 남의 입을 빌려 잘도 끄집어온다. 그래서 내용이 늘 풍성하다.

이번에 틈틈이 모아 둔 글을 책으로 낸다는 소식을 접하고는 '이제 원철이도 세상 사람들의 평으로부터 자유로울 수 없는 위치에 서게 되었구나'하는 생각이 먼저 들었다. 부디 칭찬에도 우쭐하지 말고 비난에도 발끈하지 않는, 여유로움과 담담함을 통하여 좀 더 스스로를 성숙시키는 계기로 삼길 바랄 뿐이다. 좋은 책을 만들어주신 김연희 님과 그 이후의 출판관계자 여러분들께도 저자를 대신하여 감사의 말씀을 올린다.

__ 2008년 매화꽃 피는 봄날에

신세대 스님의 세상과 불교 잇기

이선민(〈조선일보〉 전 문화부장)

원철 스님의 휴대전화 컬러링은 중국 가요 〈첨밀밀〉이다. 연인의 미소가 봄바람에 핀 꽃처럼 달콤하다는 노래가 스님 휴대전화에서 울려나오면 전화를 건 사람은 당황하게 된다. 아니 반야심경 독송도 아니고 웬 사랑 노래람. 그러나 그 휴대전화의 주인을 아는 사람이라면 "과연 원철 스님답군" 하며 미소 지을 것이다.

원철 스님은 신세대 스님이다. 그 스스로는 이제 자기도 기성세대가 돼서 대학생도 말을 붙여오지 않고 아줌마 팬만 늘어난다고 푸념하지만 엄숙한 수행자로서의 스님 모습에 익숙한 보통 사람에게 그의 언어나 행동거지는 신선하다. 약간 어색한 미소를 지으며 조계사 경내를 부지런히 걸어가는 모습은 보는 사람을 즐겁게 만들고, 나긋나긋한 말투로 쏟아놓는 이야기를 듣다 보면 마음이 푸근해진다. 경전에 밝고, 참선이나 기도도 열심이며, 행정과 포교에도 관심이 많은 그는 어쩌면 요즘 사회가 요구하는 '21세기 형型 스님'의 전형인지도 모른다.

그러나 불교계에는 원철 스님보다 더 경전에 해박한 스님, 참선과 기도를 잘하는 스님, 행정과 포교에 정통한 스님이 적지 않다. 그런 점에서 그가 대표적인 학승學僧이나 선승禪僧, 행정승, 포교승이라고 할 수는 없다. 하지만 원철 스님의 비교우위가 분명한 분야가 하나 있다. 바로 글쓰기이다. 그의 출가본사인 해인사가 펴내는 〈월간 해인〉을 무대로 시작된 원철 스님의 글쓰기는 점차 불교계 언론으로 확대됐고 이제 일간지까지 미치고 있다. 그는 어느덧 불교계의 대표적 글쟁이 중 한 사람으로 꼽히게 됐다.

원철 스님이 글을 쓰는 데 가장 큰 자산은 한국 불교가 갖고 있는 깊고 풍부한 전통이다. 한국 불교의 1번지인 해인사에서 출가하여 주로 경전을 공부하고 가르치는 일에 힘써온 그는 절 집안 표현을 빌리자면 누구보다도 '잘 살아'온 터라 우리 불교가 갖고 있는 무형의 유산을 세상 사람에게 전하는 데 적격이다. 불교 경전과 선사 어록, 그리고 자신의 수행 경험과 그 과정에서 보고 들은 절간 이야기가 그의 글 곳곳에 자연스럽게 녹아들어 읽은

이에게 스며든다.

그러나 가진 재산이 아무리 많아도 이를 요즘 세상에 맞게 풀어내려면 세상을 보는 날카로운 눈과 이를 표현할 줄 아는 감각이 필요하다. 늘 불교적 관점에서 현대사회를 보려고 노력하고 〈월간 해인〉 편집장 시절 전산화와 표지 혁신을 주도하기도 했던 원철 스님은 한국 불교의 당면과제인 '온고지신溫故知新'과 '법고창신法古創新'의 주역이 되기에 유리한 위치에 있다. 게다가 그는 언제 어디서 그런 글 솜씨를 익혔는지 전문가 빰칠 만큼 문장이 정확하고 빼어나다.

그러고 보면 나는 원철 스님의 글 솜씨를 비교적 빨리 알아차린 사람 중 하나다. 지금부터 6~7년 전 일선 종교담당 기자로 일하던 무렵 나는 〈월간 해인〉지 편집실에서 그를 알게 됐다. 승僧과 속俗의 거리는 있지만 동년배이고 글 보따리를 안고 끙끙거리는 같은 처지인지라 쉽게 친해질 수 있었다. 그리고 그의 글이 좋아 〈조선일보〉의 종교인 칼럼 '소금과 목탁'의 필자로 초빙했다. 200자 원고지 4.5매에 경험과 생각을 압축적으로 담아내는 일은 글쓰기 훈련을 받지 않은 사람에게는 결코 쉽지 않다.

그러나 매번 깔끔하고도 분명한 메시지를 담은 글을 보내오는 것을 보고 나는 원철 스님이 머지않아 불교계의 글쟁이가 될 것을 예감했다. 원철 스님이 몇 해 뒤 서울로 불려 올라와 팔자에 없는 '수도승首都僧' 생활을 시작한 후 점점 더 왕성하게 글을 쓰는 줄은 진작 알고 있었다. 그런데 이번에 책으로 한데 묶어놓은 원고를 읽어보고 나의 첫 예감이 틀리지 않았음을 확인하게 됐다. 그의 체험과 지성이 담겨 있는 한 편 한 편의 글을 읽으며 불교 신자가 아닌 독자들도 요즘 한국 불교와 스님들의 모습을 엿볼 수 있을 것이다.

나는 우리 불교계가 1970~80년대를 풍미했던 법정法頂 스님 이후 오랫동안 일반 사회와의 소통을 매개하는 글 쓰는 스님을 배출하지 못하는 것을 안타까워했다. 원철 스님이 글로 불교와 세상을 잇는 새 가교가 되기를 바란다.

김선우(시인)

적재적소에 꽂히는 촌철활인의 글맛!

동서고금을 방대하게 아우르는 원철 스님의 공부가 우리네 현실의 아프고 가려운 곳들을 향해 명의가 침을 꽂듯 정확히 꽂히는 순간들에 나는 자꾸 벙긋벙긋 웃는다. 적재적소에 꽂히는 촌철활인의 글맛! 제대로 침을 맞을 때 사지 육신이 활기 있게 통하는 시원한 느낌처럼, 오래된 위대한 지식들이 현재를 관통하며 오늘의 지혜가 되는 즐거움이 총총하다.

조현(〈한겨레신문〉 종교전문기자)

도심에서 핀 산사의 매화향

솔직하면서도 정곡을 찌르는 원철 스님의 글에선 매화향이 풍긴다. 외양은 부드럽기 그지없으면서도 동지섣달 추운 날을 견뎌낸 그 향기다. 산에 사는 사람은 산에 갇히고, 출세간에 사는 사람은 출세간의 놀음에 빠지기 쉽다. 그래서 도심에서 핀 산사의 매화향은 더욱 좋다.

후기를 대신하여

생각을 날로 비우는 것이 수행이다.

글쓰기란 생각을 날로 더해가는 일이다.

비우기와 더하기 사이에서 늘 타협해야 했다.

산중대중이 부담스러우면 시정市井으로 피신했다.

도시살이가 힘에 부치면 산으로 도망쳤다.

산과 도시의 틈새에서 나를 비추는 거울을 닦았다.

선비 황현黃玹1855~1910은 글 아는 사람 노릇하기가

쉽지 않다고 탄식했다.

선사 임제臨濟는 마른 뼈다귀를 씹은들

무슨 국물이 나오겠느냐고 질책했다.

모르는 글을 아는 체하며 마른 뼈다귀도 씹어야 했다.

자의반 타의반으로 마른 수건을 짜듯 한 줄 두 줄 써내려갔다.

이제 한 권이 되고 보니 더없이 쑥스럽고 부끄럽다.

주변의 노고 그리고 격려와 질책에 두 손 모아

진심으로 감사드리며.

— 2008년 춘삼월에
원철 합장

아름다운 인생은 얼굴에 남는다

2022년 4월 18일 초판 1쇄 발행

지은이 원철
발행인 박상근(至弘) • 편집인 류지호 • 상무이사 김상기 • 편집이사 양동민
편집 이상근, 김재호, 양민호, 김소영, 권순범 • 일러스트 이우일
디자인 쿠담디자인 • 제작 김명환 • 마케팅 김대현, 정승채, 이선호 • 관리 윤정안
펴낸 곳 불광출판사 (03150) 서울시 종로구 우정국로 45-13, 3층
대표전화 02) 420-3200 편집부 02) 420-3300 팩시밀리 02) 420-3400
출판등록 제300-2009-130호(1979. 10. 10.)

ISBN 978-89-7479-118-6 (03810)

값 27,000원

잘못된 책은 구입하신 서점에서 바꾸어 드립니다.
독자의 의견을 기다립니다. www.bulkwang.co.kr
불광출판사는 (주)불광미디어의 단행본 브랜드입니다.